光文社文庫

江戸のかほり

藤原緋沙子傑作選

菊池 仁=編

藤原緋沙子

光 文 社

『江戸のかほり　藤原緋沙子傑作選』

江戸のかほり

藤原緋沙子傑作選

裁きの宿

一

陽の光の中で賑《にぎ》わいをみせた江戸の街も、夜の帳《とばり》がおりると一転暗い闇《やみ》に包まれる。

虚飾の輝きをみせる遊里の華やぎは別として、一日千両万両の商いがある隅田《すみだ》川《がわ》西岸の商人の街も、威厳を誇る武家屋敷の道筋も、いずれも人の行き来は絶え、しばし刻《とき》が止まったようだ。

しかしその一方で、夜の闇を待ち、蠢《うごめ》きだす人たちがいる。多くは仕事にあぶれ、親しい人との絆《きずな》を失い、あるいは世間の目を欺《あざむ》いて生きる、飢渇《きかつ》の中で漂流する者たちである。

江戸の街の光と影——隅田川沿いにはそれを象徴するかのごとく、日中には姿を見せなかった漂流者たちの店が夜になると点在する。

「……つまり、人殺しを手伝ってくれないか、お前の話はそういう事か」

塙《はなわ》十四郎《じゅうしろう》は、そういった店の一つ、回向院《えこういん》近くの『なん八《ぱち》屋』で、商人体《てい》の男から不逞《ふてい》な話を持ち掛けられた。

『なん八屋』は、酒は一合二十文《もん》だが肴《さかな》も飯もなんでも八文という安売りの店である。懐《ふところ》が寂しいのでつい入った店だったが、十四郎を浪人と値踏みしての話かと一瞬思った。

「そのように申されては、身も蓋《ふた》もございませんが……」

男はそう前置きすると、十四郎に寄せていた太った体の背をグイと伸ばし、再び体を寄せてくると声を潜めた。

実は自分が出入りしているさる藩が跡継ぎをめぐって二つに割れて攻防しており、自分は商人だが、そのうちの一方に与《くみ》している。

ところが、敵対する相手の派閥の首謀者がまもなく江戸に出てくるという知らせが入った。これを阻止するために腕の立つ浪人を集めている。相手が府内に入るまでに、水際で撃退するのが目的だと言うのであった。

「あちらも相当の遣い手を供《とも》に連れてくるようでございますから、誰にでもお願い出来るという仕事ではございません。実は私、先日偶然にあなたさまの凄まじい剣を拝見いたしまして……」

男は、じっと十四郎を見た。

「あれは、小名木川《おなぎがわ》沿いでございましたかな」

いかにも狡猾《こうかつ》な笑みを浮かべて、懐から五両の金をそこに並べた。

「成功のあかつきには、二十五両お支払い致します。こう申してはなんでございますが、町の口入れ屋《くちいれや》ではけっしてありつけない仕事だと存じますが……」

傲慢《ごうまん》な男だった。人の気持ちはそっちのけで金に物をいわせて仕事を押しつけてくる。聞いているうちに腹が立った。

「あまり人を見くびらないほうがいい。仕事は断る。二度と俺の前に顔を見せるな」

十四郎は一蹴《いっしゅう》して席を立ち、

「おやじ、酒代だ」

まだ呑みかけの酒を置いたまま外に出た。

場所が場所だけに、闇の話が密かに取引されているとは聞いていた。だが、自分がその対象者となった事への不快さは、たとえようもなく苦々しい。

それにしても、あの夜、まさかあの男が端《はし》無くも現場に居合わせていたなどと、少しも気付いていなかった。

十四郎は男が言った小名木川沿いでの一件を思い出した。

それは、さきおとといの夜のことだった。十四郎は口入れ屋から貰《もら》った仕事を終え、扇橋《おうぎばし》の南方、横川《よこかわ》沿いにある縄暖簾《なわのれん》で酒を呑み、飯を食った後、小名木川に出た。

刻限は夜の五ツ（午後八時）を過ぎており、大名屋敷が続く川沿いには、人の影さえ見えなかった。

十四郎は遠くに舫《もや》っている屋根舟のこぼれ灯を眺《なが》めながら、蒼《あお》い月の光を踏んで大川端《おおかわばた》へと足を向けた。

「やっ……」

前方に高橋《たかばし》を望んだ時、異変に気付いた。

橋の上を、対岸から足早に渡ってくる一行がまず目の端に飛び込んで来た。武家五、六人が網代《あじろ》の駕籠《かご》を警護してのお忍びの道行きと察せられた。

ところが高橋の手前の袂《たもと》にも、蠢く黒い影を見たのである。その数、一人、二人……いや四、五人はいる。

黒い影は渡って来る駕籠の一行に目を凝《こ》らし、腰の物に手を掛けて、迫る一瞬を明らかに窺《うかが》っている。闇の中に落とした体に、鋭い殺気が感じられた。

――いかん。襲撃だ。

十四郎が高橋目掛けて疾走を始めた時、駕籠が渡ってきた橋の後方北詰にも黒い影が現れて、猛然と駕籠の一行めがけて走ってきた。

「あいや暫《しばら》く！」

十四郎が叫ぶより早く、影は次々に抜刀し、駕籠に向かって斬り掛かった。月明かりで、影は覆面をした武士の集団だとすぐに分かった。

駕籠の供侍《ともざむらい》たちも一斉に抜刀して駕籠を庇《かば》うが、覆面をした集団の動きには寸刻遅れた。

覆面の賊たちが両側から交差するように走り抜けた時、供侍の二人が肩を斬られ、腕を斬られて蹲《うずくま》った。

「お覚悟！」

賊の一人が、覆面の下から、割れた声で言い放った。

「待て！」

再び駕籠に飛びかかろうとした賊の中に、走り込みながら十四郎の剣が舞った。

一閃《せん》、二閃、十四郎は鋭い刃を撥ね上げて、駕籠の一行を背にして立ちはだかった。

「闇討ちとは、卑怯《ひきょう》ではないか」

「どけ！　邪魔立てすると、お前も斬る」

叫んだ男の声には、苛立《いらだ》ちがあった。

「それはどうかな。斬れるものなら斬ってみろ」

「斬れ！　こやつも一緒に斬れ！」

賊の頭《かしら》とおぼしき男が剣先で十四郎を指した。すると、刃が一斉に十四郎に向いた。

右手に二人、左に一人、そして前面に三人の合計六人……と十四郎が読んだ時、左右から上段に振りかざした賊が飛び込んで来た。

「推参《すいさん》！」

十四郎は腰を落とすや、右の賊の剣を飛ばし、返す刀で左から撃ってきた賊の刃を撥ね返した。

すかさず正面から鋭い剣が振り下ろされた。刹那《せつな》、その剣を躱《かわ》し、すぐさま賊の脇腹を横一文字に薙《な》いだ。

ぐうっという声と共に、賊は腹を押さえ丸太棒のように落ちた。

体勢を整えて再び駕籠を背に立った時、覆面の男たちに動揺が走るのが見えた。

今度は十四郎が動きを起こした。

踏み込んで右の賊にひと太刀浴びせると、反転して追撃してきた男の振り下ろした太刀を受け、同時に左手で小刀を抜いて、その男の腹を突いた。

十四郎が次の動きに移った時、男は音をたてて背後に落ちた。

賊の動きがまた止まった。

その隙《すき》を見て、十四郎は橋の片隅で立ち往生していた駕籠の供侍たちに呼び掛けた。

「早くお行きなさい、早く」

「かたじけない。せめてお名前を」

供侍の一人が聞いた。

「見ての通りの素浪人、気にされるな、さあ……」

「御免」

供侍たちは駕籠を背後に庇いながら大川端に向かって走る。

「待て！」

賊の一人が、十四郎の視線を振り切り追っ手を掛けた。瞬息《しゅんそく》、斜め後ろから十四郎の刃がその賊の腕を薙いだ。

賊は、手に刀の柄《つか》を握り締めたまま、橋の上を転がって川面に落ちた。

十四郎はすぐさま正眼《せいがん》に構え、賊の行く手を遮《さえぎ》った。

「引かぬと、揃《そろ》って討ち死にとなるが、よいな」

十四郎の剣が月夜に光った。

「ひ、引け！」

覆面の男たちは、橋の上を北詰に向かって走り、やがて薄闇の中に消えた。

その間、どれほどの時間があったのか。

あの商人はそれを見ていたといって、安直にこの俺に誘いをかけてきた。

――ふむ……。

十四郎は苦笑して懐に手を差し入れた。

せっかくの楽しみをふいにされたが、まだ一杯や二杯の酒代は残っている。

前方にみえる屋台の灯の色を見て、十四郎は足を早めた。

二

「塙様、起きて下さいまし、塙様」

両隣はおろか長屋中に聞こえるような胴張《どうば》り声が、十四郎の耳元に落ちた。

片目を開けると、大家の八兵衛《はちべえ》が寸胴《ずんどう》な腰に手を当てて見下ろしていた。

「なんだ……八兵衛じゃないか。朝っぱらから、その、なんだ……調子っぱずれの声、やめてくれぬか」

「これは地声でございます。それに、お天道様はとっくに頭の上を過ぎております。それなのにまあ、こんな上がり框《かまち》なんぞに転がって……まさか夜具《やぐ》まで質に入れたんじゃないでしょうね」

言われてみれば、十四郎は刀を帯びたまま、しかも板間でひっくりかえっていたようだ。

「やっ、これは。ちと過ぎたようだな」

さすがの十四郎もきまりが悪く、起き上がって頭を掻《か》いた。

「まったく、来る日も来る日も。お酒もほどほどになさいませ」

「何かあったのか」

「お客様がお見えですよ」

「俺に？」

「はい、あなた様にでございます。じゃなかったら、わざわざ起こしになんぞ参りません。そりゃあ店賃《たなちん》を払って下さるというのであれば別ですが」

八兵衛はここぞとばかりにチクリと刺して、そして表に向かってどうぞと呼んだ。

するとし、三十五、六かと思われる番頭風の男が現れ、八兵衛に腰を折って礼を言うと、改まって十四郎の前に立った。

「実は、私は深川《ふかがわ》の『橘屋《たちばな》』の者で藤七《とうしち》と申しますが、折り入って私どもの主《あるじ》があなた様にお願いしたい事があると申しておりまして」

「橘屋？……聞いた事がない。人違いじゃないのか」

「いいえ。塙十四郎様にお願いしたい事があると申しております。ご足労をおかけしますが、今夜にでもお出かけ願えませんでしょうか」

「用件はなんだ？」

ふと昨夜の、あの得体のしれない商人が頭をよぎった。

「それは主の方からお話し致します」

「そりゃそうですよ、塙様。このお方はお使いなんですからね。勿体《もったい》ぶらずに素直にお出かけ下さいませ。霞《かすみ》を食べては生きてはいけませんよ」

八兵衛は小憎ったらしい事をいい、塙様は必ず参られますのでよろしくなどと、揉《も》み手までして藤七に頭を下げたのであった。

確かに八兵衛の言う通り、いかがわしい仕事でなければ、人足仕事でも用心棒でも、仕事にありつければ有り難い。

十四郎は陽が西に傾くのを待って、裏店《うらだな》を出て両国橋《りょうごく》を渡り、隅田川べりを川下に歩いていった。

心なしか暖かい。

川辺に植えられた桜の木を仰ぎ見ると、川面に向かって伸びた枝のそこここに蕾《つぼみ》の膨らんでいるのが見えた。

あれは、十四郎が二十三歳になったばかりの頃だった。定府《じょうふ》勤めの父が病気になり、家督《かとく》を継いだばかりの十四郎が、足も腰も動かせなくなった父を大八車《だいはちぐるま》に乗せて、この隅田川に桜見物にきた事があった。

父子が一緒に見た最初で最後の桜だったが、あの時父は、出仕《しゅっし》心得ともいうべき箇条書きを十四郎に渡し、母を頼むと言った。

常日頃、妻子の事など忘れたかのように仕事にばかり精を出していた父が、最期に願っていたのは、母の行く末の幸せだった。

あの時、十四郎は初めて夫婦の絆を知らされた。父はなぜ母にもっと優しい言葉をかけてやれないのかと反発した事もあったが、あの折の父の最期の言葉を知る限り、あれはあれで精一杯母を思いやっていたのだと、込み上げるものを呑み込んだ事を今でも鮮明に覚えている。

父は、桜の花が散る頃に死んだ。母も一年後に、後を追うように亡くなった。十四郎にとって花見の頃は、巡りくるたびに父を想い、母を想う、鎮魂の季節となっている。

行き交う人の様々な表情に己の人生を比べ置きながら、新大橋《しんおおはし》を過ぎ、万年橋《まんねん》を渡り、上《かみ》ノ橋を渡ったところで左に折れ、幾多の宗派の寺院が連なる万年町まで一気に歩いた。

藤七とやらが言っていた橋屋は門前通りにある寺宿だった。

通りの前には三間《けん》（約五・五メートル）ほどの堀が抜け、その堀にかかる石橋を渡れば『慶光寺《けいこうじ》』の御門である。

つまり橋屋は慶光寺の門前に建っていた。

橋屋の両隣にも、遠方からやってくる参拝者や物見遊山《ゆさん》の者たちのための宿が建ち、土産物屋や甘酒屋なども軒《のき》を連ねているのだが、橋屋の造りは繊細で優美な格子戸張《こうしどばり》の、一際目立つ二階屋だった。

濃紺の暖簾には『御用宿橋屋』と白く染め抜かれていた。

十四郎は酒の匂いが染み付いていないかどうか着物の袖を嗅ぎ、今一度確かめた後、おとないを入れた。

「これはこれは、お待ち致しておりました。どうぞお上がり下さいませ」

磨き抜かれた板間の奥の帳場から、藤七がわざわざ立って出てきて、出迎えた。

案内されて廊下を渡ると、そこには圧倒されるばかりの庭園が広がっていた。

通された奥座敷の内庭にも、白砂に前栽《せんざい》を置き、澄み切った水の流れを配した心憎いばかりの気配りが見えた。

畳も青く、床には白梅の一枝が活《い》けてある。

落ち着かない心地で座っていると、茶が運ばれてきてまもなく、

「主が参りました」

藤七が廊下に膝を折って座ると十四郎に告げた。

「うむ」

体を伸ばして、廊下に顔を向けた十四郎は息を呑んだ。

そこには、紅藤《べにふじ》色の着物を着た妙齢の女が、夕映えを背に立っていた。女はちらりと口元に笑みを見せ、するりと入ってきて十四郎の前に座った。

その立ち居といい、顔形といい、女の体からは凜《りん》とした色気が匂いたち、部屋

の空気は一変した。

「私がこの宿の主で、登勢《とせ》と申します。どうぞお見知りおき下さいませ」

女は腰を深く折って手をついた。声には艶《つや》があり、言葉の節回しに上方《かみがた》なまりが残っていた。

十四郎は、思わず膝を直して言った。

「これは……塙十四郎でござる」

「突然にこの藤七がお訪ね致しまして失礼を致しました」

お登勢はそう言うと艶然と微笑んだ。だがすぐに真顔になって、折り入って頼みたい事があるのだと言った。

「有り難い話だが、それがしにできる仕事かどうか」

「それはもう、塙様なら願ってもないお方だと承知しております。剣術もお強いとお聞きしておりますし」

「待ってくれ、妙だな」

「何がでございます？」

「実をいうと昨夜も……いや、お手前には関係ない話かもしれぬが、少し尋ねてもいいか」

「はい」

「俺のことをどうして知った？」

「ご紹介いただいたお方の名は今は申し上げられませんが、けっして怪しい方ではございません。塙様の事情についても、そのお方から伺い、ご推薦をいただきました。私がお願いする仕事は信用のおけるお方でないと務まりません。いかがでしょう。そういう話ではこちらを信用してはいただけないのでしょうか」

お登勢はそこで口をつぐんで、まっすぐに十四郎を見た。

一点の曇りもない真剣な顔だった。

まさかとは思ったが、昨夜人殺しを頼みたいと声を掛けてきた胡散臭《うさんくさ》い輩《やから》とは全く別の話らしい。

「とりあえずは用件を承ろうか。受けるか否かは、その後にしていただきたい。出来もしない仕事を受けるといっては無責任、そちらも困るだろう。いかがでござる」

「承知致しました。ではそのように……」

お登勢はここで一息ついて話を継いだ。

「実はもうお気付きかと存じますが、橘屋は慶光寺の御用宿を務めております。

つまり慶光寺に様々な理由で、夫と別れたくても別れられず駆け込んで参りました女たちのお世話をさせていただいているのです」

「つまりは慶光寺は縁切り寺だという事だな」

「はい」

「俺は、江戸者が駆け込む縁切り寺は、鎌倉《かまくら》の東慶寺《とうけいじ》だけかと思っていたぞ」

「それが、年々件数が増えまして、しかも鎌倉までは女の足ではその日に駆け込む事は不可能でございます。道中で追っ手につかまり引き戻されて酷《ひど》い目にあわされる者も出てきまして、八代《はちだい》様の時代から、将軍様のご側室のお一人を選ばれまして、そのお方が禅尼《ぜんに》としてお寺をお守りし、駆け込んで来る女たちを受け入れるようになったのでございます」

「なるほど……すると、御用宿とはつまり、町奉行所の公事宿《くじやど》のようなものか」

「さようでございます。ただ、公事宿の場合は、一般の訴訟ごとを取り扱っておりますが、こちらは男女の揉め事に限っておりまして、しかしこれがなかなか厄《やっ》介《かい》でございます。男と女の争いは、双方に微妙な感情や世間体や意地など諸々《もろもろ》問題がございまして、いろいろと駆け引きがございます。ところがいずれお引き合わせ致しますが、寺のお役人様はお一人でございまして、お一人では双方の事情を調べて、詰問《きつもん》もし、裁断を下すのは不可能でございます」

「で、具体的に、俺は何をすればいいのかな」

「はい。お寺様では、訴訟の資料を検討して、最後の裁断を下すことだけで精一杯でございます。ですから私どもが、駆け込んできた人たちをいったんお預かりして、双方を詳しく調べた後に、お寺様が白黒を付ける判断材料を揃えるというのが仕事でございます」

「そうか……雇ってはほしいが、役人のような仕事を俺にできるかどうかだな。少々、心許《こころもと》ない」

　正直な気持ちであった。浪人の暮らしも五年になる。自堕落《じだらく》な生活が身についていて、人を調べるなどという仕事に就くのは、内心忸怩《じくじ》たるものがある。

「おいおい慣れていただければ、それで結構でございます」

「そうか……まあ、そういう事なら、雇っていただこう」

「ありがとうございます。これでほっと致しました。近頃は特に刃傷沙汰《にんじようざた》になる話も多く、藤七と私と店の若い者たちでは、捌《さば》くのが難しくなっておりました。どうかよろしくお願い致します」

「いや、正直なところ、懐が寂しくなっておったのだ」

剃《そ》ってきたばかりの顎を撫でた。

まさかすっからかんとはいえないが、手持ち不如意《ふにょい》という事は伝えておいた方がいいと思った。

すると傍から今度は藤七が口を挟んだ。

「お手当てでございますが、一件落着するごとに三両、ただし駆け込み人に、こちらでの滞在費用や訴訟費用の持ち合わせがない時には、こちらが立て替えるか、あるいはすべての費用を被《かぶ》ってしまう事にもなりかねません。ですからその時には一両、という事でいかがでございましょう」

「結構、よろしく頼む」

「それではこれは手付金という事で、どうぞお納め下さいませ」

お登勢は懐紙《かいし》にすばやく一両を挟み、十四郎の膝前に置いた。

十四郎は鷹揚《おうよう》に袖の中にそれを納め、凜然と座るお登勢の白い顔をみて頷《うなず》いた。

三

橋屋から呼び出しがあったのは翌日の事、万吉《まんきち》という小僧が使いにきた。子狸のようなこの万吉を、橋屋と十四郎の連絡役と決めていた。

万吉は店で駆けるのが一番速いという事だった。だからかどうか、十四郎に言《こと》伝《づて》を伝えると、転がるように飛んで帰った。

なんだかこちらまで急《せ》かされているようで、急いで橋屋に出向いていくと、帳場のすぐ後ろの六畳ほどの板間の部屋で、娘のようなまだ初々しい体つきの女が泣いていた。

部屋の壁際には棚がしつらえてあり、綴じた書き物や大福帳が積まれてある。お登勢は神棚を背にして火鉢の前に座り、女の話を聞いていた。

十四郎が姿を見せると、お登勢の方から立って出てきて、ひょいと勝手の方へ顔を向けて「お民《たみ》ちゃん！」と女中の名を呼び、泣いている女を空き部屋に案内するように言いつけた。

女中のお民が若い女を連れて部屋を出ていくと、お登勢は茶器を引き寄せて、白い湯気の立つやかんを取った。

「今朝早くにお寺に駆け込んできたんです。でも、ご覧になった通りのあの状態で……」

「見たところ若い妻女のようだな」

十四郎は、茶を入れるお登勢の手元を見詰めて言った。

お登勢の指はほっそりとして長かった。ふっと薄紫の縮緬《ちりめん》の小袖に包まれた胸元に目をやると、そこには微かな息遣いがみてとれた。

思わず目を逸らすと、丁度手前に茶を置いたお登勢と目が合った。お登勢は自身も白い手に茶碗をおさめ、一口、茶を含んだ後、

「まだ十七歳だというんです。京橋《きょうばし》にある呉服太物《ふともの》商『大黒屋《だいこくや》』さんのお内儀《ないぎ》で、名はおたえさんというのだそうです」

「ほう……結構な暮らしだろうに、何が不満なのだ」

「塙様はご覧になれなかったと存じますが、目のまわりに青い痣《あざ》ができています。どうやらご亭主から酷い暴力を受けたようなんですが」

「若い男の中にはこらえ性のない人間もいるからな。俺の住んでいる長屋では桶《おけ》の飛ばぬ日はない家が一軒あるぞ」

「それが、ご亭主とは、二十以上も年が離れているんですよ」

「何、二十以上も……いったい暴力の原因は何だ」

「嫌な事を強要されるっていうんです。閨《ねや》の中のことですが……」

と、お登勢は言った。十四郎は、お登勢のような女から、なんのこともないように、そういった言葉を聞くのは意外な気がした。するとお登勢は、

「夫婦《めおと》のことは、話す方だって恥ずかしい訳ですから、こちらも、お医者が脈をとるように冷静に聞いてあげなければいけません」

なるほどそれもそうだと、十四郎は腕を組んだ。

「難しいのは、こういう話は余人の知らぬところですし、相手が違うと言えば、話は前には進みません」

「離縁は無理だということか」

「いえ、そういうことではなくて、後々慰撫《いぶ》料《りょう》や手切金に関係して参りますし、どちらに非があるか、そこが肝心なところですから」

「つまり俺は、そこのところを調べればいいのだな」

「はい。特に暴力が日常的にあったのかなかったのか、事実あったとすれば、訴訟も有利に運べますし……」

お登勢は微妙なところでの争いになるのだと、難しい顔をした。

その時であった。「お登勢はいるか」という声が玄関の方から聞こえてきた。

「あら、丁度良かった。寺役人の近藤《こんどう》様です」

お登勢は立って、十四郎を促して部屋を出た。

「近藤様」

お登勢は、こちらに背を向けて帳場で藤七と話していた寺役人に声を掛けた。

「おう」と、下脹《しもぶく》れの顔がこちらを向いた。

「金五《きんご》！」

どこかで見掛けた撫で肩だと思ったら、剣術仲間だった近藤金五がそこにいた。

「十四郎ではないか……そうか、お前だったたか、今度橘屋の仕事を手伝ってくれるというのは……いや、これは驚いた」

「まあ、お知り合いだったのでございますか」

「お知り合いも何も、神田《かんだ》の伊沢《いざわ》道場で一緒に修行した仲だ。といっても、俺はただの門弟だったが、十四郎は師範代を務めておった。一刀流《いっとう》ではこの江戸でまず十四郎の右に出る者はそうはおらぬ」

「それはそれは、ご紹介する手間が省けました。で、ご用向きは？……今朝の一件ですか」

「ふふん、お登勢はどんな男を雇ったのかと確かめたくなったのだ」

「納得なされましたでしょうか？」

お登勢は若々しく笑って、鼻高々というふうに返してみせた。

「納得どころか、これで鬼に金棒だ。どんな事件でももう怖くはないぞ」

「金五、いい加減にしろ」

「いや、すまんすまん。あんまりびっくりしたのと嬉しいのとで、俺の心は弾んでおる。どうだ、そこまで出ないか」

「近藤様。まだお話は終わってはおりませんよ」

「俺が話しておこう。どうだ？」

「そうだな、寺役人がお前というのなら、ほかにも聞きたい事もある」

二人は肩を並べて橘屋を後にした。

歩き出してすぐに、実に二人の再会は五年ぶりだと気が付いた。

当時の十四郎は築山《つきやま》藩定府勤めの勘定組頭《かんじょうくみがしら》の息子であり、金五は下谷《したや》の御徒《おかち》組《ぐみ》屋敷に住む御家人《ごけにん》の息子であった。いずれも家督を継ぐ前の話で、道場の帰りにはよく二人で町に出たものだった。

こうして肩を並べて歩いていると、五年の空白が夢のように思えてくる。

金五は、家督を継いだ十四郎が道場に通ってこなくなり、そのうち主家《しゅか》が潰れたと聞いて、その後をずっと案じていたのだと言った。

「すまん。余計な心配をかけたくなかったのだ」

「いいんだ。もしも俺が、と思うとやっぱりな……。それよりおぬし、妻はいるのか」

「いや……お前は？」

「俺も一人だ」

二人は、どちらともなしに苦笑した。そして見合って、声を出して笑った。一瞬にして昔がよみがえったようだった。

「おい、ここだ」

金五が案内したのは、永代橋《えいたい》の近く、佐賀町《さがちょう》にある茶屋だった。店の名は『三《み》ツ屋』という。二階に上がると左手に永代橋、面前には隅田川とも大川とも呼ばれている川の堤が広がっていた。

はるか遠くには、総州《そうしゅう》の山や安房《あわ》の山が、墨を刷《は》いたように見え、手前大川には帆柱が林立し、沖には大船が停泊して満ち潮を待っている。この茶屋からは江戸の要所、隅田川の賑わいぶりが一望できた。

「近藤様、いつものでよろしいですね」

着座するとすぐに、赤い襷《たすき》に近頃流行《はやり》の縮緬の前だれをキリリとつけた女が、盆にしるこを載せて運んできた。

「すまんな、夜になれば酒もあるし美味い肴も出してくれる。茶屋とはいえ客の希望があれば船だって出すこともあるんだが、日中は料理は出ぬ。甘いものだけだ。だから俺も日の明るいうちはしること決めておる」

「いいんだ、俺もこれから調べがある。しかし今の女、垢抜けているな。躾《しつけ》もいい。この店はいい女が揃っているじゃないか。まさかお前」

「早合点するな。この店はな、離縁は叶ったが行く先が定まらぬ女たちの働き場所となっておる。躾はたっぷり慶光寺で受けているのだ」

「そんな事まで寺はするのか」

十四郎が目を丸くして聞くと、金五はにやりとして、

「今に分かるが、寺の中は外と隔絶されているとはいえ、修行する女たちには階級があってな、禅尼を中心にして上臈《じょうろう》から御半下《おはした》までいる女の館だ」

「それじゃあ大名の奥向きのようではないか」

「でな、女の格付けは入寺時の上納金の多寡《たか》で決まるんだ」

「寺の中も金次第ということか。しかし金のない者は困るだろう」

「たいがいは親が出す」

「親に金がなかったら、どうするんだ」

「その時は橘屋が貸し付ける。寺を出てから本人が返済する訳だが、親はそれが不憫《ふびん》で、借金をしてでもなにがしかの金をつくってくる」

「……」

「それと、夫からの手切金や慰撫料を返済に当てるという手もあるんだ」

「そういう事なら、いくら金を取れるか、橘屋の手腕がものをいう訳だな」

「そうだが、そのためには、男の方に明らかな非が認められなければならぬ」

「じゃあ女に非があった場合は、女の方がそういった金を払うのか」

「そういう事だ。この店にいる女たちの中にも、そういった事情を抱えている者もいる。実に問題は様々で、悩みは尽きぬ」

「とかなんとか、それほどでもない顔をしているぞ」

「馬鹿。で、この店にも時々顔を出すようにしているという訳だ。そうそう、この店は橘屋のお登勢の力で成った店だぞ」

「ほう……お登勢殿は、なかなかのやり手のようだな」

「いい女だろう、お登勢は」

「うむ」

「言っておくが誘いをかけても、なかなか靡《なび》かぬ」

「俺は雇われ人だ。そんな事はせぬ」

「老婆心だ。気まずい仲になれば勤めは続かぬ。そうしたら俺が困る。俺はお前に長く助《す》けてほしいと思っている」

「それは俺も願うところだ」

「ま、お登勢は三年前に旦那を亡くしたところだからな、男のことより店をきりもりするので精一杯というところだろうが……」

「金五、それより、結構危ない仕事だと言っていたな」

「その事だが、命を落とした者もいるのだ。前任者だ。あれは武家の夫婦の仲裁をやっておった時で、双方の親族も呼び寄せて最後の話し合いが行われていたんだが、橘屋の調べに納得がいかぬと女房の方の父親が突然刀を抜いたのだ。不意打ちだった……」

「……」

「今度の揉め事は町人同士だが、油断はできぬ。なにごとも一筋縄ではいかぬと覚悟しておいてくれ」

「うむ……で、おたえの事だが、駆け込んできた時の様子を話してくれぬか」

「それだが、おたえは幼馴染みとかいう男と一緒だったのだ」

「幼馴染み？」

「そうだ。名は清吉《せいきち》と言っていた。樽《たる》職人だ。おたえの話に同情して手を貸したと言っていたが、ひょっとして恋仲かもしれぬ」

「待て。それじゃあ二人は不義の間柄ということになるぞ」

「もしそうなら、おたえは離縁どころか、きまりでは不義者として吉原《よしわら》に渡される事になっておる。まあ、俺たちの調べ違いで女の一生が決まるという訳だ」

　金五はなにかと十四郎に助言して引き揚げた。

　それにしても、金五は余程お登勢に執心しているようだ。お登勢に何も言えず、周りでおろおろしている金五の姿が手に取るように目に浮かび、十四郎は込み上げる笑いを嚙んだ。金五のいじらしさが懐かしかった。

四

「伝兵衛《でんべえ》、おたえを大黒屋に帰してくれとは、いったいどういう了見なんだ？　おたえはお前の娘だろう」

青物町《あおものちょう》のおたえの実家で、十四郎はふた親から意外な返事を聞いていた。

話し込んでもう半刻《はんとき》（一時間）は経つと思うが、離縁はさせない、娘の言う事など聞かないでくれというばかりで、まともに聞く耳を持たないのである。

「大黒屋の意向を聞く前に、お前たちの話を聞きたい。そう思ってまずこちらにやってきたのだ。のっけからそのようでは、話にならぬ」

「娘のわがままでございます。ですから、どうぞもう、お引き取り下さいませ」

今まで黙って聞いていたおたえの母親が、十四郎の前に手をついた。見上げた目に、みるみる涙が溢《あふ》れ出た。

「おくみ、泣くんじゃない！」

伝兵衛は苛々《いらいら》と腰を上げて、土間に下りた。そして、大鍋で煮付けていた黒豆や大根を容器に移し始めたのである。

「商いに行くのか」

「旦那、あっしは煮売り屋の棒手振り《ぼてふ》です。毎日、雨の日以外は煮物を売って、

「それでやっとこさっとこ食っていっているんでさ。聞いた話じゃあ、縁切り寺で縁を切ってもらうのにも、金が掛かるというじゃあないですか。かわいそうでも、そんな金は一生かかっても作れやしねえ」

「その金だが、娘の言う事に間違いがなければ、救う手もあるのだぞ」

「本当でございますか」

泣いていたおくみが、はっと顔を上げた。

「本当だ」

「おくみ、やめろといってるだろう！」

伝兵衛が振り返って、また怒鳴った。

「伝兵衛、よく聞け。橘屋は御上《おかみ》公認の御用宿だ。俺の話もそう思って聞いてくれ。それに、おたえの意に沿うように尽力したいと思っているのだ。それが俺たちの仕事なんだ」

伝兵衛は太い息を吐き、前だれで手を拭うと、暗い顔を向けた。

「旦那、こうなったら正直に話します。実は、娘は大黒屋に売ったのでございま

す」

「何、売った？」

「へい。事情がありまして、五十両で売ったんです。吉原に売ったってそんな大金にはなりゃあしません。ですから、何があっても、どうのこうのと言えた義理ではございませんので」

「ではその、事情とやらを話してくれぬか」

「それはご勘弁下さいませ」

「おたえはその事を知っておるのか」

「売られた事は知っております。ただ、なぜ売られたかは……そんな事を娘に言えたら、こんなに苦しんではおりません」

伝兵衛はそう言うと、そそくさと荷造りをして出ていった。

女房のおくみはと見ると、これもうただ泣くばかりで話を聞ける状態ではない。

十四郎はおくみに、何かあったら遠慮しないで相談に来るように言い、裏店を出た。

急いで橘屋に戻ると金五が来ていた。

十四郎がお登勢と金五にひと通りの話を終えると、大黒屋に下調べに行っていた藤七が帰ってきた。

「大黒屋の主は儀兵衛《ぎへえ》という男ですが、一代で身代《しんだい》を築いた男で、それだけに儀兵衛の昔をよく知った者は近隣にはいないようです」

ただ……と藤七は息を継いだ。

先年、日本橋《にほんばし》北詰の室町《むろまち》で火事騒ぎがあり、多くの人が焼け出されたが、儀兵衛は行くあてのない貧しい人たちのためにお救い小屋を建て、粥《かゆ》を振るまい、一躍仏《ほとけ》の儀兵衛と呼ばれるようになったというのである。

しかし藤七は、そういった風評に逆らうように、

「腑《ふ》に落ちないのは、肝心要の呉服商は、さして繁盛しているとも思えません。まあ、人の財布は分かりませんが、お救い小屋を建て、粥の施しをするほどの金がどこにあったのかと……」

と首を捻《ひね》った。

「それに、仏と呼ばれる人間が、次々女房をとっかえているのも気にいりません」

「藤七、おたえさんは五十両で売られたという話ですが、ちゃんとした後妻さんとして迎えられたんでしょ」

「まあそういう事にはなっておりますが、聞いた話では、三人目か四人目だという事です」

「前の人たちは亡くなられたのですか」

「それなんですが、儀兵衛は、女房はお伊勢《いせ》参りに行って行方知れずになったとか、実家に帰ったまま帰ってこないんだとか、その都度《つど》世間にはいろいろと説明しているらしいんですが、本当のところは分かりません」

「当人のいないところでは、どうとでも言えますからね」

　お登勢も何かひっかかるという顔をした。

「ただ、半年前までいた内儀は、なんでも品川《しながわ》で見掛けたという人がおりまして……これは、出入りしている小商人に聞いた話なんですが、驚いたことに、それが女郎宿《じょろうやど》だったというのです」

「女郎をしておるのか、前の女房は」

　これには金五が驚いた。

「確かめた訳ではありませんが」

「まさか儀兵衛は、前の女房を無一文で追い出したのではあるまいな」

「いや、案外そうかもしれんぞ、金五」

十四郎が相槌《あいづち》を打った。

「だとしたら何が仏だ。男の風上にもおけぬ奴だ。おたえは、そんな所によりにもよって……旦那も鬼なら親も鬼だ」

金五は目頭を押さえている。金五が涙もろいのは今に始まった事ではないが、駆け込んで来た女の身になって泣ける金五は、少年の頃のまま、少しも変わっていなかった。

お人好しの金五にはこの職は適職かもしれないが、しかし一方で、冷静に、或いは冷徹に調べを進めて断を下さなければならないとすれば、その部分の多くは橘屋が背負わなければ、コトはおさまらないに違いない。人の心の奥底にある、欲と意地を捌くには、並々ならぬ強固な意思が必要だ。

だとすると、目の前にいるお登勢は、かなりの強い精神の持ち主だということになる。

「十四郎様、おたえさんの両親は、なぜ五十両ものお金が必要だったのでしょうか。十四郎様の話では、慎ましい生活のように思えましたが」

お登勢が疑問を投げ掛けた時、

「主はいるか」

突然乱暴な声がして、玄関口に数人の男たちが、肩をそびやかして入ってきた。

いずれの男も闇に生きる人間の、あの陰険な雰囲気を持っていた。

「主は私でございますが……」

お登勢が立っていき、玄関の板間に片膝つくと、

「おい！」

頬に傷のある男が、後ろを振り返って顎をしゃくった。

すると、荒縄で後ろ手に縛られた若い男が突き出された。

「清吉！」

慌てて手の甲で涙をぬぐった金五が叫んだ。

「こ、近藤様、お助け下さいませ」

「おっと、待ちねえ」

頬に傷のある男は、いきなり匕首《あいくち》を抜いて、その切っ先を清吉の喉元に突き付けた。

「危ない真似はよせ！……いったいぜんたい、何があったというのだ、これは」

金五は語気を荒《あら》らげて聞いた。

「どうもこうもねえ。この男と引き換えに大黒屋さんの内儀、おたえさんをけえしてもらおうと思ってよ」

「どこのどなたかは存じませんが、橘屋は、そのような話には一切応じられません。どうぞお引き取り下さいませ」

お登勢は、きっぱりと断った。

「おかみさんよう、ようく聞いてほしいんだが、おたえさんはこの男に唆《そそのか》されたんですぜ。つまり二人は不義者だ。おそれながらと訴えればどうなるか、おかみさんならご存じの筈ですがね」

「不義者かどうかは、こちらの調べで決着します。そちら様からとかくの指図は受けません」

「俺は不義者なんかじゃねえ！」

清吉が叫んだ。

「お前たちは大黒屋の者か」

金五が確かめる。

「そうさなあ……大黒屋に恩義のある者だとでも言っておきましょうか」

「だったら引け。ただでは済まぬぞ」

「ふん、お前が寺役人だな。いいか、ここは寺ではねえ」

「御用宿だ。宿の軒に一歩でも入れば、寺と同じだと心得よ」

「そうかい。そっちがそう出るのなら、こっちはこいつを奉行所に突き出すまでだ。ありもしねえ主の暴力とやらをでっちあげ、駆け落ちしたんだとな」

「待て。それでは、仏の儀兵衛の名が泣くぞ」

　十四郎は言い、頬に傷のある男の横手に静かにまわった。

「うるせえ。それはそれ、これはこれだ。言う事を聞けねえというのなら、いっそこいつの命、ひとおもいにケリをつけてやってもいいんだぜ。ほら、ほら、ほら……」

　男は、匕首の先で清吉の頬をスーッと引いた。血が、細筆で書いたように線を引いた。

　清吉は、恐怖ですっかり震えあがっている。

「待って」

　その時、二階から階段を転げ落ちるようにおたえが下りてきた。

「清吉さんを放して下さい。私が大黒屋に帰ればいいんでしょ。帰りますから放して下さい」

男はにやりと笑った。が、気を緩めて一瞬、清吉に向けた匕首の先がぶれた。

刹那、匕首が叩き落とされ、同時に男の手首がねじ上げられた。十四郎であった。

「いてて、放せ」

「痛い目にあいたくなかったら帰れ。二度とこのような真似をしてみろ。今度はこの腕を、斬る」

十四郎は男の腕をねじ上げたまま表に出て、遠巻きにして身構える仲間の前にその男を突き倒した。

「大黒屋に言っておけ。いずれ訪ねるが、乱暴な手を使うなら俺が相手だ」

「ちくしょう……ひ、引け」

男たちは悪態をつきながら散っていった。

夕闇の迫る町角に男たちが消えるのを見届けて引き返すと、帳場の奥の板間の部屋で、おたえと清吉が膝を並べて座り、金五とお登勢に訴えていた。

十四郎が入っていくと、金五が手招きをして小声で言った。

「今の男たちは、時々大黒屋に顔を出している連中らしいぞ。だがどんな繋《つな》がりがあるのか、おたえは知らないらしいんだ」

そうか……と金五の側に座ると、お登勢が神妙な顔で俯《うつむ》くおたえと清吉に、

「濡れぎぬなんですね。間違いありませんね」

と念を押す。

「嘘はつきません。俺とおたえちゃんは同じ長屋で育ちました。だから、幼い頃から、なんとなく大人になったら一緒になる、そう信じていました。でも、おたえちゃんとはきれいな仲です」

清吉は真っ直ぐにお登勢を見つめた。嘘のない目の色だった。

「一緒になれなくても、おたえちゃんが幸せならいい。俺はそう思ってたんだ。でも、おたえちゃんから話を聞いた時、このままじゃあ殺されちまうかもしれねえって、そう考えて駆け込みを勧めたんです」

おたえも清吉の話に頷いて、

「私、他に相談する人がいなかったんです。だって、おっかさんにも、おとっつぁんにも、あの家を出たいだなんて言えないもの……私を、一生懸命育ててくれた両親を困らせたくなかったんです」

と、言ったのである。

「まったくお前は……両親を恨んではいないのか」

金五が聞くと、おたえは、ううんというように首を振って、

「私を売らなきゃならないなんて、余程の事情ができたのだと思いました。だから、何も聞かずに両親の言うことに従いました」

おたえは、父の愛も母の愛も今までいっぱい受けてきたと言い、健気《けなげ》にも両親を庇ってみせたのである。

五

この騒動のせいで、十四郎が米沢町《よねざわちょう》の裏店に帰りついたのは、ずいぶんと遅かった。

夜食は橘屋で済ませていたが、酒は裏店の近くで買い求め、帰ってくるやさっそく瓢簞徳利《ひょうたんとっくり》を傾けた。

と、女の影が戸口に立った。

「こちらは塙様のお宅でございますか」

ひそやかだが、切羽《せっぱ》詰まった声だった。

十四郎が引き戸を開けると、伝兵衛の女房おくみが、転がるように入ってきた。

「どうか娘を助けてやって下さいませ」

おくみはいきなり土間に手をつき、十四郎を仰ぎ見た。

「火を熾《おこ》すところだ。そんな所ではなんだ、上がりなさい」

「いえ、すぐに帰らなければなりません。なにもかもお話ししますから、もし娘を助けられるものならばお願いします。娘は、私たち夫婦の犠牲になったようなものですから……」

「とにかくそこでは風邪を引く。さあ」

十四郎は敷きっ放しの布団を丸めて隅にやり、そこにおくみを座らせた。するとおくみは、

「実は伝兵衛は……夫は、もと柿沢《かきざわ》藩の勘定組頭向井作左衛門《むかいさくざえもん》様の若党《わかとう》でございました。私も同じ屋敷で女中奉公をしておりました」

と、思いがけない話を始めたのである。

それは、ちょうど今から十八年前のこと、二人は同じ屋敷で働きながら、告白する機会もなく恋心をつのらせていた。

ところが先年より向井配下の藪下《やぶした》という男から、おくみを妻に欲しいといって

きており、おくみは向井に承諾の意を伝えていた。

おくみの頭の中では、伝兵衛との事はとっくに諦《あきら》めていたのである。ところが、この縁談を知った伝兵衛から、自分は前々から好きだったと聞かされて、おくみは揺れた。元から好意を寄せていた相手である。二人は瞬《また》く間に恋におちた。

しかし、柿沢藩では、藩士の家士《かし》であっても勝手に婚姻できないというご法だった。法の上では既に藩に届け出ていた藪下との縁談が先にあり、伝兵衛とおくみの結び付きは不義となる。

苦しんだ末、二人は向井に報告した。だがこの時すでにおくみの腹には子ができていた。露見すれば当人たちはむろんのこと、向井自身も窮地に立たされる状況となっていた。

ただ、伝兵衛とおくみを不義密通で成敗《せいばい》すれば、向井の責任は免れた。二人はそれも覚悟していた。

だが向井は、そうはしなかった。向井は二人を呼んでこう言った。

「残る道は一つしかないぞ。先々の苦労はあるだろうが、武士を捨てて町人となり、身を潜めて生涯睦《むつ》まじく暮らす覚悟があるのなら、駆け落ちしろ」

てっきり処罰されるだろうと覚悟を決めていた伝兵衛とおくみは向井の前に手をついた。

「それでは旦那様に申し訳が立ちませぬ。これまでお世話になった旦那様にこれ以上のご迷惑はかけられませぬ。二人の愛情を確かめ合えただけでも幸せものでございます。どうぞ旦那様の手で、ご成敗下さいませ」

「馬鹿な……死んでどうなる。おくみの腹の子のことを考えろ。わしの言い訳はどうとでも立つ」

向井はそう言って、二人の前に袱紗《ふくさ》を置いた。

「僅かだが路銀《ろぎん》が入っておる。これを持って今晩発《た》て……そして、幸せにな」

伝兵衛とおくみは泣いた。命を助けてもらったのもさる事ながら、向井の温情が身に染みた。

その夜二人は柿沢藩を出奔《しゅっぽん》し、あちらこちらを放浪した後、江戸に来た。その江戸での暮らしもすでに十三年、町人に姿をかえて今日にいたったというのである。

「向井様は私たち夫婦の命の恩人でございます。ところがその向井様のご浪人姿を、この江戸の、しかもすぐそこの佐内町《さないちょう》の裏店で、伝兵衛が見たのでございます」

「何……」

十四郎は驚いておくみを見た。

伝兵衛はまさかと後をつけ、その家を覗いてみると、向井は病に臥《ふ》せる老妻と二人、ひっそりと長屋で暮らしていたのである。

見る影もなく窶《やつ》れた向井の姿。見かねてその家に飛び込んだ伝兵衛は、向井から老妻の薬代がかさみ多額の借財があると聞き、今こそ恩に報いる時だと考えた。だが伝兵衛に備えがある訳ではない。そこで出入りしていた大黒屋にお金を貸してほしいと頼んだところ、

「払えない借金をするくらいなら娘を売らないかと言ってきたんです。売る買うといっても後妻に据えるのだから案じる事はない。大黒屋さんはそうおっしゃったのでございます」

「そうか。それで、お前たちは娘を大黒屋に渡したのか」

「はい。今更ではございますが、どうか娘を助けて下さいませ」

おくみはそう言うと、額を畳にこすりつけるようにして頭を下げ、帰っていった。

この世知辛《せちがら》い世の中で、身を賭《と》して恩を返そうとした伝兵衛とおくみの話には、さすがの十四郎も胸を打たれた。

しかも、この日の夕、十四郎は橘屋で健気なおたえの心を聞いている。可愛い娘を心ならずも売る事になった伝兵衛とおくみ、親の言葉に黙って従った娘。いずれも貧しい者たちの、切羽《せっぱ》詰まった決断だったに違いない。

元から町人ならいざ知らず、若党とはいえ伝兵衛は刀を腰に帯びたことのある男である。その体にはまだ武士の血が流れていた。

伝兵衛は、武士が主家のために命を落とすのと同様に、町人になったとはいえ、かつての主に目一杯の報恩《ほうおん》をと考えたのだ。

二人にとって娘は宝であり命である。それを差し出すという事は自身の命を捧げることと同じである。

藩を捨てて、好いた者同士が一緒になって、伝兵衛とおくみは娘を挟んで幸せな生活を送ってきた。ところがその幸せを摑んだために、今度はなによりも大切な娘の幸せを奪うという結果になった。娘に対する慙愧《ざんき》の念が、ずっと二人を苦しめてきたに違いない。

十四郎はまんじりともしないまま朝を迎えると、すぐに大黒屋に足を向けた。

「梅は、紅梅が一番でございます」

十四郎が五分咲きの庭の梅の木を眺めていると、色の浅黒い、ずんぐりした男が廊下を渡ってきて自慢した。

「見事だな、大黒屋」

「はい。花も女も咲くまでが楽しみなものでございます」

大黒屋儀兵衛は卑猥《ひわい》な笑みを浮かべると、十四郎を客間に誘った。

慇懃《いんぎん》な物腰ながら、腰を据えるとすぐに老獪《ろうかい》な顔を見せた。

「橘屋さん。せっかくご足労願いまして申し訳ございませんが、お話は分かっております。ええ、はっきり申し上げておきましょう。おたえがどう言おうと、私はあれに、暴力などふるった覚えはございませんよ」

十四郎が聞く前に釘を刺してきた。

「じゃあ、おたえが嘘をついているというのだな」

「近頃の若い娘は平気で嘘をつきますからね。かといって、私はおたえを手放すつもりはございません」

「じゃあ、おたえの顔についた痣は、どう説明する」

「そうおっしゃると思っていました。しかし、心当たりがございませんので、説明のしようもございません」

「闇の中でいうことを聞かないといっては殴られたと聞いているぞ」

「あなた様はお若いからご存じないのかもしれませんが、若いおなごを自分の思い通りの女に仕立て上げることほど、楽しいことはございません。閨の中の事はざれごとです。あれも承知の話です」

「暴力ではないと申すのだな」

「何か証拠《あかし》でもございますかな」

大黒屋は、跳ね返すような目を向けた。

「しかし、嫌がっているのだぞ、おたえは……それに若い。こうなったからには、大きな心で別れてやったらどうなんだ」

「お断りします。私はあれを五十両で買ったんです。大黒屋儀兵衛は商人の端くれでございます。元もとれない話には乗れませんな」

「おたえは品物ではないぞ」

「私にとっては同じようなものでございます。納得していただけないようでしたら、これ以上話しても無駄でございます。どうぞ、お引き取り下さいませ」

言葉遣いは丁寧だが、大黒屋の声には凄味があった。

十四郎は腰を上げたが、ふと思い出したように振り返って聞いた。

「大黒屋、前の女房たちだが、どうしている」

「そのような話にお答えする必要はございませんな。橘屋さん。申し上げておきますが、そちらがそちらなら、こちらも出方を考えなくてはなりません。いやなに、手前どもには、命知らずの人間がたくさんいるという事です」

大黒屋はそれで言葉を切った。

十四郎は、大黒屋の異様とも思える女への拘《こだわ》りと、その拘りのためには手段を選ばず、冷酷な行動を起こしてのける非情な顔を見たと思った。

六

「親父、飯をくれ。そうだな、酒もだ。熱燗《あつかん》で頼む」

十四郎は肩に止まった雪の滴《しずく》を懐紙で払うと、板場の陰で煙草《たばこ》をふかしていた親父に声を掛けた。

「へい。いらっしゃい」

親父はポンポンと煙管《キセル》を叩きつけて灰を落とすと、おもむろに立ってゴト、ゴトッと切れの悪い包丁の音をたてた。

まもなく昼の八ツ（午後二時）近くとあって、飯屋の中は客も数えるほどしか入っておらず、十四郎は店の中ほどに切った囲炉裏《いろり》の側に腰を掛けた。五徳《ごとく》には鍋が掛けられ、湯がたぎっている。

「この時期に雪が落ちてくるなんて見た事がねえ。旦那、風邪を引かねえように濡れた物はしっかり乾かしていっておくんなせえよ」

酒と漬物を運んできた親父が言った。

朝のうちは、松林の向こうに広がる海は凪《な》いでいた。

それが急にどんよりとした空に包まれ、突然雪が小雨と一緒に落ちてきた。

「参ったな、止《や》みそうもないな」

十四郎は板場に戻った親父に聞いた。

「いや、気紛れに降ってきたんだ、すぐに止みます。なにしろこの時期の天気はおなごの気性とおんなじで、くるくる変わらあ。相手にしねえ方がいい」

あちらこちらから笑いが漏れた。十四郎も苦笑した。

それにしても、考えていたよりも品川の宿は広い。

江戸から僅か二里の距離に、旅籠《はたご》だけでも九十軒以上もあり、宿場街道には水茶屋、蕎麦屋、酒屋など店という店が建ち、手に入らないものはない。

飯盛《めしもり》女だけでも四、五百人はいるというから、十四郎が目当ての探し人も容易に探し出せる筈がない。

その証拠に十四郎がこの宿場に入ってから今日で三日になるが、いまだに大黒屋の前の女房、おちかを探し当てられないでいる。

十四郎は、腹に落ちていく酒を確かめながら、大黒屋の険悪な顔を思い出していた。

――あの男は、一筋縄ではいかぬ。

藤七もあれからずっと大黒屋に張り付いて、出入りする商人や奉公人に聞き込みを重ねているが、依然夫婦の話は闇に包まれたままである。

もっともあの男のことだから、店に関係のある者たちには、口封じをしているに違いない。

ところが、お登勢はというと、少しも動じてはいなかった。

もしもこのまま、大黒屋が話し合いにも乗らないというのであれば、おたえは寺入りをして二年の歳月を修行すれば、相手が不承知でも、法の力で縁は切れるというのである。

「ただ、おたえさんの場合は、お寺に入る前に決着がつけられたら、それが一番良いと考えています。なにしろ寺に入るとなりますと、冥《みよう》加金《がきん》とか扶持《ふち》金とか、いろいろと費用がいりますからね」

お登勢は、一分《ぶ》の金さえ出せないであろうおたえ親子の懐を案じていた。

それに、法の力で縁を切っても、納得がいかないと切った張ったの騒動が起きる事もあり、せめて暴力の一件だけでも相手に認めさせておきたいのだと言った。

「ふむ……」

十四郎が考えていると、

「まあ、いざという時には、別の手を考えますが……」

お登勢はもてあそんでいた火箸を、灰の中に突き刺した。

「別の手？」

「はい。塙様や藤七の話を聞いたところでは、大黒屋は、叩けばきっと埃《ほこり》が出ます。別に夫婦関係に限りません。叩きやすいところを叩いて、それを突破口にして決着させます」

お登勢は腕ずくでも相手を納得させると言っている。どんな裏の手を使っても、相手を屈服させようというのである。伊達《だて》に女一人で御用宿を守ってはおらぬ。十四郎は改めて感心した。

——そういえば。

お登勢については、ひとつ気になっている事があった。

あの打ち合わせがあった日に、橘屋を出たところで一丁の塗り駕籠がやってきた。

ふとその駕籠が、小名木川沿いで助けたあの駕籠にそっくりだとすれ違いざまに気付いた十四郎が、ひょいと後を振り返って見ていると、駕籠の中から頭巾を被った恰幅《かっぷく》のよい武家が下りてきた。

しかもその武家は、おとないも入れず橘屋の中に消えたのであった。

一体あの武家は、橘屋とどういう関係がある御仁《ごじん》なのか。もしかしてお登勢には、十四郎の知らない強大な後ろ盾がいるのではないか。なんとなくそんな気がしたのだが……。

「旦那、陽が射してきましたぜ」

徳利を空けたところで、裏口に薪《まき》を取りにいっていた飯屋の親父が、ちらりと視線を外に遣《や》った。

あれやこれやと思い起こして、酒を呑み、飯を食っている間に、どうやら春の嵐は去っていったようである。

「親父、猿田《さるた》の銀蔵《ぎんぞう》に会いたいのだが、どこへ行けば会えるのか、知っていれば教えてくれぬか」

十四郎は囲炉裏に薪をくべていた親父の手に、すばやく小粒を握らせた。

猿田の銀蔵とは、品川宿の女郎の出入りを統括している頭《かしら》のこと。この二日の調べで、女郎のことは銀蔵に聞けば大概の事は分かるし、会いたければ飯屋の親父を通じた方が早道だと分かったのだ。

宿場を調べる軍資金は、お登勢から五両の金を預かっており、懐にはまだ三両あまりが残っている。一人で虱《しらみ》潰しに当たるより、その金の一部を銀蔵への手土産にして、一気におちかに会おうと十四郎は考えた。

親父は一瞬当惑の色をみせたが、声を落として耳元に囁《ささや》いた。

「旦那、銀蔵親分に会って、何を知りてえとおっしゃるんです?」

「案ずるな。女をどうこうしようというのではない。ある女に少し聞きたいことがあるだけだ」

「分かりやした。それじゃあ暮《くれ》六ツ（午後六時）、東海寺《とうかいじ》の門前で待っていておくんなさい」

「承知した」

十四郎は腰を上げた。飯屋を出ると、路上の水溜まりに、やわらかい陽の光が落ちていた。夕刻までには、まだ一刻《いっとき》（二時間）以上もありそうだった。十四郎はふと思い立って三田《みた》の丘に足を向けた。

この辺りは沿道に料亭や茶屋が軒を並べ、旅人はここで旅装にかえて見送り人と宴を張る。ゆっくりとここで最後の別れを惜しむのだった。

忘れもしない五年前、十四郎もこの地で女と別れを告げた。

名は雪乃《ゆきの》。同藩藩士の娘で、許嫁《いいなずけ》だったひとである。

二人が別れなければならなかったのは他でもない、主家の断絶《だんぜつ》が原因だった。

十四郎が家督を継いで僅か一年。雪乃と婚礼間近になっていたが、十四郎はこれを辞した。

この決断の背景には、主家が潰れたあとの両家の先に、大きな隔たりがあったからだ。

雪乃の父も定府の勤め、御納戸頭《おなんどがしら》を務めていたが、当然こちらも失職していた。しかし亀山《かめやま》藩に縁者がいて、すぐにそちらに仕官が叶ったと聞いた。

ところが、この仕官の話には尾ひれがついていて、縁者の次男に雪乃を娶《めと》らせるという条件つきだったという噂が立った。

噂は、十四郎にとっては身の置きどころのない屈辱だった。だが、そうはいっても、我が身は浪人が避けられない状態となっていた。

仮に十四郎が断りを入れなくても、いずれ雪乃の方から破談の話があるのは必《ひっ》定《じょう》、十四郎は相手の家を思いやって先手を打った。

雪乃の父はこの申し出に、ただ、黙って頭を下げた。断る方も、それを受ける方も、苦渋の決断だったのである。

ただ、十四郎と雪乃は人も知る相思相愛の仲だった。家の都合で破談になったとはいえ、十四郎にも雪乃にも未練があった。

二人は、雪乃一家が江戸を発つ日、示しあわせてこの三田で逢引《あいびき》をした。たとえ僅かの間でも一緒にいたいという気持ちが、二人にはあった。

雪乃の父母が、茶屋で長年の知人と別れの刻を過ごしている隙に、二人はこの丘に上り、品川の海を見詰めていた。

海は、銀粉を撒いたように輝いていた。

何をどう話してよいか分からずに押し黙って海を見ていた十四郎に、雪乃は大胆なことを口にした。

「十四郎様、雪乃は悔《くや》しゅうござります。一度でもいい、あなた様の腕の中で眠りたい……それればかり考えておりましたのに」

「……」

「十四郎様……」

返事のない十四郎を急かせるように、切ない声で雪乃が呼んだ。

「雪乃殿、それがしとて同じことを考えていた。今日ここに来るまで、もしやの機会があればとずっと考えていた。しかし……」

「しかし？」

雪乃が濡れた目を向けた。十四郎の返事ひとつで雪乃は今日、抱かれる覚悟を決めている。十四郎は迷っていた。雪乃を抱きたい。抱いて別れたい。全身の血がそれを欲して、押しとどめるのに必死であった。しかし抱けば望みは叶うが、その後の二人の苦しみは、今の比ではないというのも明白だった。

浪人になった十四郎の選択肢は一つ、雪乃のこれからの幸せを祈る事だ。この先の雪乃の生活に自分の影を持ち込ませない、忘れてもらう事である。

十四郎も海を見詰めたまま、雪乃に言った。

「よそう。俺には出来ぬ」

「十四郎様の意気地《いくじ》なし」

雪乃はそう言うと、顔を覆って転げるように、三田の坂を下りていった。

十四郎は追わなかった。踏みとどまった。雪乃はそのまま旅に出て、それが二人の最後となった。

あの時の、苦く切ない思いを嚙み締めながら、十四郎は一歩一歩、芽吹き始めた草木の匂う間道を上っていった。

丘にたたずみ、海を見た。そこには昔と変わらぬ青い海が広がっていた。

歳月は、十四郎のまわりの模様を一変させたが、いま目の前に広がる光景は昔のまま、何も変わってはいなかった。

ひととき、海を眺めていた十四郎の耳に、鶯《うぐいす》の鳴く声が聞こえてきた。

それで十四郎は我に返った。

「ケキョケキョ」

と十四郎は口笛で応えながら、切ない想いを振り切るように丘を下りた。

「旦那……あっしが猿田の銀蔵でございます」

東海寺に暮六ツきっかりに、銀蔵は長半纏《ながばんてん》を翻《ひるがえ》してやってきた。

十四郎が手短に意を伝えると、銀蔵はある旅籠に十四郎を連れて上がった。

そして女将に一言二言耳打ちすると、女将はちらりと十四郎に視線を投げ、銀蔵に顔を戻して、

「親分に頼まれては……よござんす、承知しました」

胸を軽く叩いてみせた。

「塙さんとやら、くどいようでござんすが、必ず約束は守っておくんなせえよ」

銀蔵は十四郎が渡した一両小判を握り締めると、念を押した。

「分かっておる」

十四郎は礼を述べて、女中が案内する二階に上がった。

まもなく、真っ白く首を塗り、緋《ひ》の色の襦袢《じゅばん》を着た女が、裾を引きながら酒と肴を運んできた。

「おちかさんだね」

十四郎の問いかけに女はこくりと頷いて側に座ると、盃を取って十四郎に手渡した。見たところ三十そこそこかと思われたが、荒れた生活が女の体にまとわりついて、眉の引き方、紅の置き方一つにも、半年前まで呉服屋の内儀だったとは

思えなかった。

もっとも、大黒屋にいた頃のおちかを知っている訳ではないが、女郎が持つ特有の、怠惰な雰囲気が見てとれた。

おちかは十四郎に酌をしながら、上目遣《うわめづか》いに見て言った。

「旦那、どうして昔のあたしの名前を知っているんです？」

ここではおちかは「あやめ」といった。おちかという昔の名を出した十四郎を訝《いぶか》しく思ったようだ。

「一つ、聞きたい事があって参ったのだ」

「あら、何かしら。ねえ、旦那は御府内の人？」

「そうだ。深川だ」

「深川……というと、東の方だ、よかった」

おちかはなぜか胸をなで下ろして、潤んだような目を向けた。

「実はあたし、毎朝この裏の神社にお参りして、おみくじひいているんです。でね、今日は『待ち人、東方より来りて幸運あり』って書いてあったんですよ。だから旦那は、今日はあたしの福の神」

「俺が？」

「嘘じゃないわよ、ほら」

おちかは、袂からおみくじを出して見せ、

「ね、だから話が終わったら、必ず抱いて下さいね」

「おちか、すまんな。せっかくだが、お前を抱きにきたのではない」

「お願い。後生《ごしょう》だから」

おちかは手を合わせた。真剣だった。どこから見ても貧乏神そのものの素浪人を福の神とは、おちかの生活が窺い知れて哀れだった。

「旦那」

おちかが体をぶつけるようにして、十四郎の胸に飛び込んできた。

「おちか」

抱きとめたおちかの肩から、緋の襦袢《じゅばん》がするりと脱げた。

突然、十四郎の目の中に、白い胸が飛び込んで来た。

「これは……」

十四郎は驚いておちかの顔を見た。

おちかの白い胸の右乳には、鞭《むち》ででも打たれたような、紫色に盛り上がった古い傷痕があった。

「ああ、これ？……別れた亭主に傷付けられた痕なんですよ」

「儀兵衛のことだな」

「そうか……旦那が聞きたいというのは、前の亭主のことなんだ」

「おちか、なぜそのような傷を負ったのか話してくれ」

「………」

「お前の証言次第で、人ひとり救えるのだ」

おちかはじっと十四郎を見ていたが、

「分かった。儀兵衛の新しい女房のことで来たんだね」

と十四郎の頷くのを待ち、

「そうか、またあいつは……旦那、そういう事なら証言します、いくらでも。あたしは酷い目に遭わないうちに家を出たから良かったけれど、前の人も、その前の人も殺されてるんじゃないかと思ってるの」

「何、前の女房たちは殺されたのか？」

「証拠はないんだけどね」

「しかし、何かそう感じた事があったんだな」

「ええ」

おちかの話によれば、去年の夏の暮れ、衣替えをしている時に、簞笥《たんす》の中に前の女房のものと思える浴衣《ゆかた》があった。おちかは、誰かにくれてやろうかと思ったが、ふと儀兵衛をびっくりさせてやろうと考えた。

そこでその晩、風呂あがりにそれを着て、灯を細くして寝ている儀兵衛の枕元に立った。

すると儀兵衛は飛び起きて、手を合わせて震えていたが、おちかと分かると鬼のような顔をして怒りだし、浴衣をはぎ取って、番頭の和助《わすけ》に捨てにいかせたのだという。

「その時にね、傍にあった物差しで叩かれたのが、この傷なの」

おちかは胸に手を当てた。

「叩かれながら、この人、前の女房を殺してるって思ったんです。だって儀兵衛は、普段から犬や猫を、そりゃあもう、めちゃくちゃに木刀で殴ったりして」

「犬や猫もか」

「ええ、みな野良犬、野良猫なんですけど、庭の梅の木の根元を掘り返すって怒ってさ。犬も猫もすばしっこいからたいがいは逃げていくんだけど、中には無残にも殺されて捨てられたのもいたし……だからあいつは、殺しなんて平気なんだ。

ひょっとして私も殺されるのじゃないかって、恐ろしくなって家を出たんです」

「そうか……いや、ありがとう。だがそういう事なら、お前も気を付けねばいかんな。俺がここに来たことが分かれば、どんな危害を加えられるやもしれぬ」

「いいのよ旦那。あたしの一生、もう終わったようなものなんだから」

「おちか……」

――何が仏だ。

十四郎は改めて、儀兵衛に激しい怒りを覚えていた。

七

「八兵衛じゃないか、そんなところで何をしておる」

十四郎が米沢町の裏店に戻ると、木戸の闇に八兵衛がせわしなく足踏みをして立っていた。

「塙様のお帰りを待っていたんですよ」

「店賃か」

「いいえ。それどころではございません。橋屋さんからお使いがみえまして、一刻も早く来てほしいと……」

「分かった。すまぬ」

十四郎は踵《きびす》を返した。

品川の宿で不憫《ふびん》に思ったおちかを誘い、一緒に飯を食い酒を飲んで遅くなり、まっすぐこちらに帰ってきた。

だがこんな事なら橘屋に寄ればよかったと急いで出向くと、お登勢と藤七の前に、消沈《しょうちん》したおくみとおたえが座っていた。

「何があったのだ」

「大変な事になりました。伝兵衛さんと向井様とかいうご浪人が、奉行所にひったてられたというんです」

藤七はそう言うと、太い溜め息をついた。

「塙様に連絡がつかなかったものですから、お奉行所には近藤様に行っていただきました。とにかく目茶苦茶な話です。おくみさん、塙様にあなたの口から、もう一度話してくれますね」

おくみはお登勢に促されて、十四郎に青い顔を向けた。

「実は向井様が住まいする大家さんの家に空き巣が入りまして、箪笥の中の文箱《ふばこ》に入れてあった五十両のお金がなくなったというのです。で、その大家さんが言うのには、このところ金回りのよくなった店子《たなこ》がいる。それが向井様のことでございますが……。その店子は滞《とどこお》っていた家賃は全額払ってくれるし、医者のかかりも全部まとめて支払ったと噂で聞いた。そこでよくよく調べてみると、金貸しにも、味噌屋にも米屋にも支払いをしていると……。諸々勘定してみると二十五両ものお金を使っている。私の金を盗んだのは店子の向井様に違いないとお奉行所に訴えたのでございます」

大家の訴えによって、直ぐに役人が飛んで来て、向井の家は家捜しされた。役人は老妻が伏せっている夜具まではがし、夜具の下にあった十両を差し押さえた。

そして、まだ十五両足りないなと詰問された向井老人は、もともとこの金は、青物町の伝兵衛が施《ほどこ》してくれたもので、大家から盗んだ物ではない。しかも伝兵衛が施してくれた金額は三十五両で、五十両ではないと申し開きをしたのだが、煮売り屋に都合がつけられる額ではないと逆に伝兵衛まで疑われ、今度は伝兵衛の家が家捜しされたのだというのである。

「お役人は大家さんから盗んだ残りの金子《きんす》はどこへやったんだって言うんです……あるわけがありませんよ。もともとおたえを売って手にしたお金は三十五両だったんですから」

「待て、お前たちが大黒屋から受け取ったのは五十両ではなかったのか」

「額面はそうですが、仲介料として中に入ってくれた男の人に十五両取られてしまいましたから」

「何……」

「ですから、向井様には三十五両しか、お渡ししておりません」

「しかし大黒屋に聞けば、そんなことはすぐに分かることじゃないか」

「塙様、その肝心の大黒屋ですが、金の話など知らない、そう言ったというんですよ」

　藤七が横合いから、怒りを露《あら》わにして言った。

「いま藤七とも話していたんですが、このままですと二人とも罪人にされてしまいます。大黒屋が白《しら》を切るのなら、仲介に入ったという男をつきとめて証言してもらわなければ、二人を助けることはできません」

　とお登勢もいう。

「おくみ、その男の顔は覚えているのか？」

「はい。眼差《まなざ》しの恐ろしい人たちでした。一人は頬に傷がありました」

「塙様。おかみさんも私も、この間ここへやってきた、あの男たちではないかと見当をつけているんですが……」

藤七がそう言うと、おくみが、

「あの、頬に傷のある男ですが、たしか名を捨蔵《すてぞう》と呼ばれていたと思います」

今思い出したという顔をした。

「捨蔵……確かにそう呼んだんだな」

「はい」

「お登勢殿、品川で前の女房から聞いたんだが、大黒屋は裏で高利の金貸しをやっていたそうだ。闇の金貸しだ。それを任されていたのが捨蔵という」

ははん……とお登勢は納得した顔を見せ、

「それで、大黒屋はお金の事は知らないと言ったんですね。ほじくり返されると後ろに手が回りますからね」

寛政《かんせい》のご改革以来、法で定めた利子以上で金を貸し付ける事は、厳しく禁止されていた。違法者は処断される事になっている。

改革当時制裁を受けた両替商や札差《ふださし》などは、たいへんな痛手を被《こうむ》ったが、もっとも痛い目にあったのは、闇の金貸し業者であった。

以後、あやしげな金貸しは、大っぴらに商いができなくなっていた。

「おかしいと思ってました。店は閑古鳥《かんこどり》が鳴いているのに、なぜお救い小屋まで建てる余裕があったのかと……呉服商は隠れ蓑だったんですね」

藤七はいまいましそうに言い、

「すぐに若い者たちと、捨蔵の居場所を探します」

と、座を立った。

入れ替わりに、金五が苦い顔をして帰ってきた。

「お登勢、取り敢えずは二人とも、しばらく番屋預かりにしてもらったぞ。事件を差配することになった松波孫一郎《まつなみまごいちろう》という与力《よりき》は、俺もよく見知っている御仁《ごじん》でな。吟味役だが、臨機応変に対処できるんだ。事情を話して今少しの猶予《ゆうよ》をもらった。とはいっても松波殿の胸ひとつの話だから、いつまでもという訳にはいかぬ。早々に決着をつけなければ、二人の身柄は伝馬町《てんまちょう》に送られる」

金五は北町奉行所の与力松波に会った後で、二人が留め置かれている番屋にも立ち寄ってきたと、おくみに言った。

「二人とも元気だったぞ。安心しろ。ただ、向井という浪人は女房の事を心配しておった。それで、橘屋でなんとかするから安心しろと、そう言ってきたんだが。

お登勢頼むぞ」

「お任せ下さいませ。向井様が番屋から戻られるまで、お民でもやりましょう」

するとおくみが、膝を進めて言った。

「おかみさん、向井様の奥様は私がお世話致します。ご恩を受けました奥様の事は、一番私がよく分かっておりますから」

「おくみさん……」

「ですからどうぞ、このおたえの事を、よろしくお願い致します」

その時であった。今まで黙って聞いていたおたえが、わっと泣いた。

「おたえ」

おくみはおたえの肩を抱きよせた。おたえは母の胸で幼子のように泣きじゃくり、

「おっかさん、ごめんなさい。私のわがままで、こんなにいろいろ大変なことになってしまって」

「謝るのはおっかさんの方だよ。ごめんよ、おたえ……でも、もう少しの辛抱だからね、おまえもしっかりして、いいね」

とおくみは言い、自分の袖で娘の涙をそっと拭った。

十四郎がおくみを送って佐内町の向井夫婦が住む裏店に着いたのは、とうに夜半を過ぎていた。

おくみの腕には、お登勢が持たせた弁当が抱き締められていた。

しかし、おとないを入れても返事はなく、向井の家の中は暗闇の中に静まりかえり、人の気配さえないように思われた。

おくみは、はっと十四郎を見て、戸を開けて飛び込んだ。

「奥様、くみでございます」

開けた戸口から射し込む僅かな月明かりを頼りにして、おくみは部屋に上がり、老妻が臥せっている枕辺に寄って、もう一度声を掛けた。だがその声は絶叫に変わった。

「奥様……もし、奥様！」

「おくみ、どうした」

火打ち石で火を熾していた十四郎が駆け寄った。

「塙様、明かりを！」

「待て、今すぐだ」

慌てて十四郎が枕元の行灯《あんどん》に灯を入れると、そこには懐剣で胸を突き、血の海の中で死んでいる老妻の遺骸が目に入った。

「奥様……」

おくみは老妻の遺骸に取りすがった。

「私と伝兵衛が悪いのです。娘のことも、こちらの向井様のことも、すべて十八年前の私たちの勝手な行動が発端です。死ななければならないのは私たちです」

「それは違うぞ、おくみ。今起こっている事柄すべてがお前たちのせいではないぞ。馬鹿な事を言うもんじゃない」

十四郎は老妻の遺骸を布団に直し、その手を組んだ。

向井の妻の瘦せた白い手を見つめていると、五年前に亡くなった母のことを思い出した。

あの時も、裏店の侘《わび》しい住まいで、母は死んだ。その夜、たった一人で母の遺体の側に座り続けた十四郎は、物いわぬ母の手を握り締めて朝を迎えた。刻々と冷たくなっていったあの母の手の感触は、今でも忘れたことがない。

父の死も悲しかったが、母の死は、十四郎を文字通り天涯孤独にしたのであった。あの時ほど、血の交わり、家族という意味の重さを味わったことはない。

向井老人も、伏せっているとはいえ妻がいたからこそ気丈に生きてこられたに違いない。老いた者の行く末を考えると、胸が痛んだ。

「向井様には、お知らせした方がよろしいですね」

おくみが、向井の妻の顔を見詰めて言った。

「もう二度と会えないのだ。その方がいい。この人もきっとそれを願っている」

十四郎も向井の妻の顔を見詰めて言った。


「塙様、お迎えにあがりました」

待っていた藤七からの使いが来たのは、お登勢の采配で向井の老妻の葬儀を済ませた、その日の夕刻の事だった。

急いで、藤七が張り込んでいるという常盤町《ときわちょう》の路地に向かうと、藤七は物陰に潜んでいて、十四郎が姿を見せると、前の一軒家を目顔《めがお》で差した。

「塙様。見たところ隠居の仮住まいのようなのですが、ところがそうでもないのです」

藤七の言うのには、暖簾も屋号もないこの家に、一人、二人と来客がある。その客たるや、小商人風の男あり、役者くずれあり、魚河岸《うおがし》の人足あり、浪人ありといった、実に様々な者たちだといい、明らかに人目を憚《はばか》っての商いを、ここでやっている証拠だと言った。

「間違いなく鑑札《かんさつ》のない高利貸しです。私の調べたところでは、ここで金を借りたばっかりに、身代まで取られ、首をくくった小商人もいると聞きました。それでも金に困った者たちは、ここに来るしか方法がないのでしょうが」

藤七がそう言った時、格子戸を開けて浪人が出て来、一方へ去った。

「塙様、あの客が最後です。中には奴らしかおりません」

「よし、行こう」

十四郎と藤七、それに橘屋の若い者数人で、表と裏、二手に分かれて踏み込んだ。

すると座敷で車座になり、集めた金を勘定していた男たちが驚愕して振り向いた。紛れもなく、あの橘屋にやってきた男たちだった。

「血と汗の滲《にじ》んだその金を、お前たちは」

十四郎の手元から一閃、光が発せられた。一瞬何が起こったのかと男たちは息を呑む……と、金を抱え込んだ男の元結《もとゆい》が、はらりと切れた。

「な、何をしやがる」

男たちの顔に恐怖が走った。その男たちを藤七たちがぐるりと囲む。

「お、お前は」

「忘れてはいないようだな。橘屋の者だ。聞きたいことがある。一緒に来てもらおうか……」

と十四郎は見渡して、

「捨蔵はどうした、どこにいる」

「こ、ここにはいねえ。いったい、何の用だ」

「証言してほしい事がある。煮売り屋の伝兵衛のことだ」

「伝兵衛……知らねえよ。なあ、聞いたこともねえ名前だぜ」

男は、仲間に同意を求めるように言い、せせら笑った。

「嘘をつくんじゃない」

十四郎はその男の胸倉を摑み、男が懐に吞んでいた匕首を引き抜くと、その首に突き付けた。

「や、やめろ」

「真面目に返事をするんだな。でないと腕一本、足一本失う事になるぞ」

「そ、そんな事していいのかよ、御用宿は……人を傷つけてもいいのかよ」

「いいんだ。これは脅しじゃあないぞ。俺は本気だ。お前たちは伝兵衛が大黒屋に娘を売り渡した時、仲介料として十五両をぶん捕《ど》った」

「……」

「それで間違いないいんだろ？」

「……」

「どっちなんだ！」

「知らねえ、知るもんか」

「そうか、じゃあしようがないな。藤七、この者たちを番屋に連れていけ」

十四郎は険しい目で男たちを睨みつけた。

八

数日後、十四郎は築地《つきじ》の、さる屋敷の前に立っていた。

「こちらでござります。世に『浴恩園《よくおんえん》』と称されておりまする」

十四郎をここまで導いてきた若党が、門前で説明した。

「浴恩園？」

「はい。当家の下屋敷でございますが、主は隠居の身でございまして、ほとんどこちらで過ごされておりまする」

若党はそう言うと、先にたって門を潜った。十四郎も後に続いた。

勧められるままに式台《しきだい》に上がり、長い廊下を渡ると、そこには美麗で壮大な庭に、湖かと見紛《みまが》うばかりの大きな池が広がっていた。

十四郎はそれらを一望できる、広い客間に通された。

浴恩園――と呼ぶからには、この屋敷に住まいするのは、元幕閣《ばっかく》の上席にいた、あの松平定信《まつだいらさだのぶ》ではないのか。

俄《にわか》に十四郎は緊張した。

しかし何故、自分がここに呼ばれたのか納得できかねていた。

思えば、大黒屋儀兵衛の裏稼業をつきとめて、そこに巣くうごろつきどもを番屋に突き出したまでは良かったが、北町与力松波の厳しい詮議にも、男たちは頑《がん》として口を割らず、大黒屋も一貫して闇の稼業を否定した。

常盤町のあの町屋も、松波が踏み込んだ時にはもう引き払った後だった、と聞いている。

しかも、捨蔵の行方は摑めず、これではどちらが嘘をついているのか証拠固めができぬまま、奉行所も手をこまねいていた。

ただ幸いにして、松波のはからいで、捕らえられていた伝兵衛と向井老人は、証拠不十分ということで家に帰されてきた。

お登勢は業《ごう》を煮やして大黒屋を呼び出すよう金五に助言し、金五は慶光寺から正式の差し紙を大黒屋に送り付けた。

しかし、大黒屋は差し紙を無視したばかりかどこからか手を回し、奉行所に圧力をかけ、全てはでっち上げだとして一切は不問に付すという結果となった。

「圧力をかけたのは、寺社奉行でもなければ、松波の上司の町奉行でもないぞ。もっと上の人間だ。愚弄《ぐろう》した話だ、まったく」

金五は怒った。

これでおたえの一件も、寺入りして二年の修行を積み離縁が叶ったとしても、非はおたえにあったとされ、多額の手切金を要求されるかもしれぬ。

前の女房おちかの証言も、このような状況下では一蹴《いっしゅう》されるに違いない。それればかりか、おちかの命も危なくなってきた。ことは全て手詰まりになっていた。

そんなときに、この屋敷に呼ばれたのである。

かつて定信は老中首座、幕閣の頂点にいた人である。

十一代将軍が家斉《いえなり》と決まった時、将軍はまだ十五歳。定信も老中となるのだが、改革に道を付けたのは二年後だった。旧来の派閥を一掃するのに、それだけ時間がかかったという事だ。

そうして家斉十七歳の折に、定信は老中の頂点に上り詰め、寛政《かんせい》の改革を断行したが、その職を辞してからもうずいぶんになる筈だ。

ただ、定信がいまだに幕政に多大な影響力を持っているという事は世の周知するところであり、だからこそ田沼《たぬま》の残党一派の間には、ひそかに反発する者もいると聞いている。

しかし十四郎にしてみれば、そのような幕閣の長にいた人など、まったくもって無縁の人だと言ってよい。

「おなりでござりまする」

廊下に蹲《うずくま》った用人体《ようにんてい》の老家士が主の到来を告げた。

すると、廊下に軽快な足音がたった。

十四郎は平伏した。

「楽翁《らくおう》だ。よく参られた」

張りのある声が、着流しの裾を払って、床前に着座した。

「恐れ入ります」

まずは手をついて挨拶をした。

「遠慮はいらぬ。ちこう」

「はっ」

十四郎が顔を起こすと、そこには微笑をたたえた楽翁が脇息《きょうそく》に肘を託し、十四郎を見詰めていた。

黒くて澄んだ、鋭敏な目の色だった。

年の頃は六十前後かと思われる。文武を貴《たっと》び、自身も実践したと聞いていたが、なるほど筋骨も逞《たくま》しく、顔の色艶もよく、目鼻立ちの整った、さすがに八代将軍吉宗《よしむね》の孫だけあって品格の良さが窺えた。

「塙、小名木川での一件、礼を申すぞ。見事な太刀捌きであった」

十四郎は、はっと楽翁を見た。

――まさか、あの晩助けた駕籠の主が楽翁だったとは。

「何を驚いた顔をしておるのじゃ」

「はっ、ご無事でなによりでござりました」

「隠居の身だと申しておるのに、いつまでも騒がしくて困っておる」

楽翁は苦笑し、

「御用宿の方は苦戦しているようじゃな」

と言ったのである。

――なぜ俺が橋屋に勤めていることを知っている。

十四郎が目を丸くして見返すと、

「橋屋にはわしが紹介した。お登勢は、いい人を紹介してくれたと喜んでいたぞ」

――そうだったのか。御用宿に推薦してくれたのは、楽翁だったのか。

そういえば定信は、寛政の改革に着手した折、徹底して役人や藩主の動き、町人百姓の暮らしまで、つぶさに調査をしたといわれている。

定信が隠密をつかったという話は有名だが、正確を期するために、放った隠密の監視にさらに隠密を放つといった徹底ぶりは、小さな藩で育った十四郎でも噂として聞いていた。

だとすれば、自分が小名木川で定信を救ったその時から、十四郎にも隠密がつき、瞬く間に十四郎の過去は報告されていた事になる。その結果、定信はお登勢に十四郎を推薦してくれたという事だろう。

そこまで考えて、いつぞや橘屋の前に塗り駕籠が止まり、おとないも入れず暖簾をくぐったのは、いま目の前にいる楽翁だったのかと、改めて顔を見た。

楽翁は、混乱している十四郎の顔をおもしろそうに見つめ返した。

「やっと謎が解けたようだの」

楽翁は笑った。

「はっ……恐れいりまする」

「慶光寺は、爺さま所縁《ゆかり》の寺だからの、それに今の禅尼、万寿院《まんじゆいん》様との繋がりも少々あってな、放ってはおけぬ。お登勢ともそういう事で懇意にしておる。そこでじゃ」

楽翁は一転して厳しい顔をむけた。

「大黒屋の一件、遠慮なく成敗《せいばい》いたせ」

「しかし……」

「案ずるな。なぜ横槍を入れられたか、その構図が分かった。大黒屋は、数寄屋《すきや》頭《がしら》の宗林《そうりん》を使い幕閣の一人にとりいった。賄賂《まいない》で動かしたのだろうが、そちらはこっちでけじめをつける。今日来てもらったのは、その話だ」

「思いがけないご助力を賜りました」

「今後ともよしなにな。期待しているぞ」

十四郎は苦笑して頭を掻いた。

「何を困った顔をしておるのだ」

「拙者は浪人の身でござるゆえ、ご期待には沿えかねまする」

「堅いことを申すな。仕事の話だけではないぞ。碁を打ち、草木を愛《め》でる相手を時々頼めぬものかと思ってな」

「不調法者《ぶちょうほうもの》でございます」

楽翁は笑った。声を出して笑った後、

「好きに致せ」

「有り難き幸せ」

「だが……」

と楽翁は、今後も御用宿の始末は自分が引き受ける、だから恐れず、事件の解決に当たるように、と言ったのである。

「それはようございました。私は楽翁様が十四郎様に会って下さるのを待っておりました。これで楽翁様とのことを内緒にしなくてよくなりましたからね」

お登勢は浴恩園から戻ってきた十四郎を、前だれで手を拭きながら、縁側で出迎えた。庭では常吉《つねきち》が庭木の根元を掘り起こしていた。常吉は近隣の百姓で、毎朝橘屋に野菜を運んでくるが、時には今日のようにお登勢の手伝いもしてくれる重宝《ちょうほう》な男であった。

「知っていたんだろう、俺が浴恩園に呼ばれたのを……人が悪いぞ」

「いいじゃありませんか。なにしろ十四郎様は、楽翁様のお気に入りなんですから」

お登勢は常吉の方に顔を向けて、ふふっと笑った。

「俺は窮屈なのは性《しよう》に合わぬ」

「はいはい、分かりました。すぐ終わりますから、ちょっとお待ち下さいませ」

お登勢は帯に挟んでいた手ぬぐいを引き抜くと、銀粉を撒いたように光っていた襟足《えりあし》の汗を押さえた。

「しかし、どうしたのだ、この臭いは」

今吹いた風が異様な臭いを運んできて、十四郎は鼻を摘まんだ。一帯に腐った臭いが充満してきた。

「堆肥《たいひ》をやっているんですよ。今日は常吉さんがお魚のクズをたくさん貰ってきてくれましたから。お魚のはらわたとかね、少し腐りかけたものもありますから、それで臭いがしているんです。でもこうしておくと、庭木がよく育つんですよ。花の付き方だって違うんです」

お登勢は、鍬《くわ》で木の根元を掘っている常吉を見て言った。

「ほう……」

十四郎は庭に下りた。

「そんなに深く穴を掘るのか」

近付いて穴を覗くと、

「旦那、深く掘っておかねえと、犬猫が寄ってきてたいへんなんですよ」

常吉は顔も向けず、鍬を振り下ろしながら言った。

「犬猫が来るのか……」

「へい、でも深く掘って埋めれば大丈夫で。今年は少し遅くなったんですがね。こうしておけば、花も葉っぱも色艶が全然違います」

「そうか……犬猫が来るのか」

十四郎は、険しい目で常吉が掘る穴を見詰めていたが、

「お登勢殿、一気に、決着がつけられるやもしれぬぞ」

と顔を上げた。

九

夕闇が迫る頃、十四郎は藤七と橋屋を出発した。

「十四郎様、見て下さい。なかなかの堂々ぶりでございます」

藤七が笑いながら、引き連れている野良犬に目を落とした。

犬は橋屋の若い衆にお登勢がいいつけて、急遽《きゅうきょ》どこからか捕らえてきた雄犬だった。初めは怯《おび》えていた雄犬も、餌を与えられた後は、すっかり従順な下僕となっていた。

「ひと働きしてもらわねばならぬからな、おい、頼むぞ」

十四郎が話しかけると、犬は嬉しそうに尾を振った。

「藤七……」

十四郎は大黒屋の店先まで来て立ち止まった。

店は早々に閉めたのか、軒提灯《のきぢょうちん》が固く閉ざした板戸を照らしていた。

「手筈どおりに、いいな」

十四郎は藤七に言い置いて、一人で店に近付いた。

戸を叩くと、くぐり戸を開けて、番頭の和助が首だけ突き出して、誰かと聞いて驚いた。

「儀兵衛はいるか」

言うより早く、十四郎は和助を押し込むようにして店に入った。

大黒屋は高《たか》を括《くく》っていたらしく、十四郎の突然の訪問に渋い顔をしてみせたが、奥の座敷に案内した。

「みごとに咲いたな、紅梅が……」

十四郎はまず庭の梅の木に目を遣ってから、後ろに立っている大黒屋を振り返った。

この前は固い蕾がまだ多く残っていたが、今日は夕闇の中に可憐な花弁を広げていた。満開だった。

だが大黒屋はそれには答えず、荒々しい足取りで座敷に入った。このまま帰れといわんばかりの態度である。

十四郎は平然と腰を据えた。

「さて、大黒屋。他でもない。お前はいろいろと策を弄《ろう》して、お内儀のことも、裏稼業のことも、闇に葬るつもりだろうが、そうはいかぬぞ。状況が変わった」

汚い手口はもはや露見していると言い渡した。

「旦那、何を言っているのか分かっているのかね」

薄笑いを浮かべて聞いていた大黒屋が、射るような目を向けた。

「なにもかも、もう白を切れぬと申しておるのだ」

「さあ、それはどうでしょうか」

「お前は、人を殺している」

「何を言うのかと思ったら……旦那、人には言っていい事と悪い事がございますよ。わたしがいつ人を殺したというんだね」

「おちかの前と、その前の女房を殺したろう？」

大黒屋は笑った。笑ったがすぐにその笑いをひっこめて、ぎらぎらとした目を向けた。

「どこにそんな証拠《あかし》があるんです？」

「証拠か……証拠は、あの紅梅の木の下にある」

十四郎は、庭に立つ紅梅の木を顎でしゃくった。

「冗談もほどほどに願います」

「違うと言うのか」

「こちらまで頭がおかしくなって参りますよ。お話になりませんな。これ以上因縁をつけるのなら、この大黒屋、黙ってお帰しする訳にはまいりません」

「話にならぬのはおまえの方だ。藤七！」

十四郎が叫ぶと直ぐに、庭に野良犬を連れた藤七が現れた。

「な、何の真似だね……その犬はどうした」

大黒屋は、あたふたと縁側に走り出た。

「行け」

藤七が犬を放した。

犬は、うなり声を上げ、猛然と紅梅の木の下に走りより、脇目も振らず狂乱したように根元の土を掘り始めた。

「止めろ、止めさせろ」

大黒屋は青くなって、廊下を右に左にカニ歩きしていたが、思い付いて客間に走り、手文庫を摑んで戻ると、廊下から犬めがけて投げ付けた。

キャン——犬は背中に一撃を受けて庭の隅に逃げ込んだ。だが、そこで四肢を踏ん張るや、大黒屋に向かって激しく吠えた。

「紅梅の木の下に、お前の前の女房たちが埋まっている。お前が殺して埋めたのだ。だからお前は必要以上に犬猫を嫌って追っ払った。なんなら根元を掘ってみてもいいぞ」

十四郎が言い終わるや、

「捨蔵、皆、出てきなさい！」

大黒屋が絶叫した。

一瞬にして十四郎は、浪人二人と、あの頬に傷のある捨蔵と、それに手下ども数人に囲まれた。

「手回しがいいな、大黒屋」

「こうなったからには……みんな、構わないから殺《や》っておしまい」

大黒屋が顎をしゃくった。

同時に、十四郎は庭に走った。

すぐさま、背後から風を切る白刃が襲ってきた。

襲って来たのは猪豚《いのぶた》のような浪人だった。

十四郎は振り向きざま、体を捻って猪豚の剣を撥《は》ね上げた。

「問答無用」

体を立て直し、庭の紅梅を背に、正眼の構えで立つ。

小野《おの》派一刀《いっとう》流の流れを汲む『流星切落《りゅうせいきりおとし》』の構えである。

暗天に突然流れる流星を切り落とすがごとく、襲ってきた刃を一瞬のうちに切り落とし、その刃で相手の急所を斬って、突く。

伊沢道場で免許皆伝となった十四郎ならではの剣だった。

果たして、

「やや、姿が見えぬ」

猪豚が呻《うめ》き、瞬く間に汗を流し始めたのである。

「何をしている。斬れ」

大黒屋が頓着《とんちゃく》なくまた叫んだ。

すると、両端から浪人二人が交差するように飛び込んできた。捨て身だった。

十四郎は少しも動かず、二人の剣を右に左に撥ね返し、その刀で一方の浪人の顔を縦に割り、猪豚の浪人の腹を横一文字に斬り薙いだ。

二人の血が、パーッと闇夜に散り咲いて、紅梅を一層赤く染め上げた。

「無駄なことは止めろ。匕首を捨てて去れ」

十四郎は呆然と立つ捨蔵たちに言い放った。

捨蔵たちは大黒屋を見て、そして仲間同士で頷き合ったと思ったら、次々と匕首を捨てた。

大黒屋は……と振り仰ぐと、慌てて店の方へ走っていった。

だがすぐに、金五に抜き身を突き付けられて戻ってきた。

「金五」

「十四郎、お登勢から聞いた。大事ないとは思ったが……終わったようだな」

いかにも残念そうに見渡して言い、目を大黒屋に戻すと宣告した。

「まもなく、北町奉行所も出向いて参る。神妙に致せ」


数日後のこと、お登勢、十四郎、そして藤七が見守る中、金五が牢内にいる大黒屋に爪印《つめいん》を押させた離縁状が、おたえの手に渡された。

「おっかさん、おとっつぁん」

おたえは迎えに来た伝兵衛とおくみに飛びついた。

「ほんとうに皆様のお陰でございます。ありがとうございました」

おたえを両脇から抱き抱えるようにして、伝兵衛とおくみは帰っていった。

十四郎の勘が当たって、大黒屋の庭からは二つの遺体が発見され、大黒屋は闕《けつ》所《しょ》、儀兵衛は死罪となった。

橘屋は大黒屋の闕所金から離縁仲介料として十両を手に入れた。おたえには宿泊料一両足らずが請求されるが、これは今後、おたえの働きから受け取る約定を交わしている。

大黒屋からおたえへの慰撫料については、おたえが大黒屋で暮らした期間がわずか三月であったため、これはなしという事だった。

奉行所のはからいによって、品川の女郎おちかにも闕所金の中からなにがしかの金が手渡され、おちかは飲み屋でも始めるという。

「これでは儲けにはならぬのではないか」

十四郎は三ツ屋の二階で、金五と酒を酌み交わしながら聞いた。

お登勢は十四郎に仕事料の三両を支払ったばかりでなく、金五にも一両の慰労金を手渡していた。

「お登勢は気を遣いすぎる嫌いがある。俺などに遠慮は無用なのだが、ずっとそうなのだ。ただ、慶光寺の賄《まかな》いはむろんの事だが、橘屋にも幕府の御用機関として相応の金はおりている筈だ。お前は遠慮せずともよいのだ」

金五は言い、頰をゆるめた。一件落着した安堵《あんど》が見える。

「そうか……いや、すまぬ」

十四郎は苦笑した。

「どうだ、このまま町へ出るか？……いい女がいるところを知っているぞ」

金五はすっかり出来上がって、これから繰り出す算段である。

「いや、よそう……久し振りにゆっくりと眠りたい」

「そうか……そうだな。次とするか。それじゃあお先に」

金五は上機嫌で帰っていった。

しばらくして十四郎も腰を上げた。

すると、階段を上る足音がしたと思ったら、お登勢がひょいと現れた。お登勢は紫の風呂敷包みを抱えていた。

「あら、近藤様はお帰りになられたのですね」

「たった今だ。表で会わなかったのか？」

お登勢は袖を口に当ててくすくすと笑った後、

「実は、近藤様がお帰りになるのを下の帳場で待っておりました。あのお方は一件落着すると、必ずどこかへ出かけられます」

と言い、十四郎の前に座ると、紫の包みを解いた。

「私が作らせました。着た切り雀では見ている方が辛《つろ》うございます」

風呂敷の中には、細い縦縞模様の小袖一枚、襦袢一枚が入っていた。

「これは……」

「さあ、お立ちになって、この着物をあててごらんなさいませ」

「う、うむ」

思いがけない成り行きに、十四郎はお登勢に言われるままに、背筋を伸ばしてそこに立った。

後ろからふんわりと柔らかい布が十四郎の肩に掛かった。

その感触が女の肌をまとったような、そんな気がして、十四郎は一瞬身を固くした。

お登勢は屈託なく、前にまわり、後ろにまわりして、ためつすがめつした揚げ句、

「とてもよくお似合いです」

と満足げに頷いた。

「お登勢殿、すまぬな」

「嫌ですよ、他人行儀な……でもわたくし、男の方の仕立てを頼んだのは久し振

りでした」

「どうだ。これから何か美味いものでも食いに行くか。俺が馳走するぞ」

「ほんとですか」

　お登勢の顔が娘のように輝いた。

「この、着物のお礼だ。行かぬか」

「参ります。ご一緒します」

　二人は永代橋に出た。まだ宵の口とあって人の往来も多く、二人はどちらともなしに橋の中ほどに来て立ち止まり、欄干に手を置いて、ぼんぼりをつけて行き交う船を眺めていた。

「しかし、何だな。向井殿は気の毒だったたな」

「大丈夫ですよ。長屋の皆さんも放ってはおきません。それに、伝兵衛さんたちも目と鼻の先に住んでいますもの」

「うむ」

「それより十四郎様。おたえさん、清吉さんといずれは一緒になるようですよ」

「それはよかった」

「ほんとうに……おたえさんにはまだまだ幸せを摑んでほしいもの……女の幸せ

は、好いたお方に愛されることですもの」

お登勢の顔には、十四郎に今まで見せたことのない、女の孤独が揺れていた。

「裁きの宿」（『雁の宿　隅田川御用帳（一）』第一話）

桜散る

一

薄闇に真白い淡雪が散ったのは昨夕のこと、それが夜半過ぎには冷たい雨となり、その雨も今朝《けさ》になってぴたりと止んだが、春とは思えぬ冷たい空気が、まだ大地を覆《おお》っていた。

北町奉行所定橋掛《じょうばしがかり》、通称橋廻りと呼ばれている同心立花平七郎《たちばなへいしちろう》は、雨上がりの春霞《がすみ》の中に花鳥《はなどり》たちのさえずりを捉《とら》えながら、東堀留《ひがしほりどめ》に架かる『親父橋《おやじ》』の点検に当たっていた。

平七郎の父親は、生前『大鷹』の異名をとった凄腕の同心だった。平七郎もかつて定町廻《じょうまちまわ》りだった頃、『黒鷹』と呼ばれた俊才の人で、若手ではもっとも将来を嘱望された人物だったが、あろうことか今は橋廻り同心である。

一見するに、長身で飄々《ひょうひょう》とした風情ながら、ふとした折に投げる視線には、黒鷹と呼ばれた頃の片鱗がうかがえる。

それに腕も立つ。平七郎は北辰一刀流《ほくしんいっとう》、師範代の格を持つ剣客《けんかく》である。

その平七郎が定服としての黒の紋付羽織、白衣（着流し）に帯刀というご存じ同心姿にかわりはないが、今手にあるのは十手《じって》ではなく、コカナヅチ大の木槌《きづち》であった。

長さ八寸（約二四センチ）あまりの指の太さほどの柄も、直径一寸（約三センチ）ほどの円筒形の頭部もすべて、樫《かし》の木で出来ている小さな木槌だが、これで橋桁《はしげた》や橋の欄干《らんかん》、床板を叩《たた》いて橋の傷み具合を確かめるのが橋廻りの第一の仕事であった。

第二は、橋の通行の規制や橋袂《たもと》の広場に不許可の荷物や小屋掛けの違反者はいないか等、高積見廻《たかづみみまわ》り方同心に似たお役目も担っていた。

むろん、橋下を流れる川の整備も定橋掛のお役目であった。

同心の花形である定町廻りが綺麗《きれい》な房のある十手をひけらかして、雪駄《せった》を鳴らし、町を見回るのに比べると、こちらの仕事はいかにも地味で、木槌を手にして町を歩くのは、あまり格好のいいものではない。

何を隠そうこのお役目は、奉行所内でも閑職とされ、定員は与力一騎に同心二名、一度この定橋掛に配置されたら、そこから抜け出すのは容易ではないというのが通例だった。

いわば同心職の墓場であり、平七郎たちがお役に就くまでは、耄碌《もうろく》した老人同心とか、問題を抱えたお役御免寸前の同心が務めていた。

訳あって、立花平七郎も木槌を持つようになってすでに三年が過ぎているが、近頃では三十俵二人扶持《ぶち》さえ貰《もら》えれば、世間の見る目などはどうでもいいではないかなどと、半《なか》ば諦《あきら》めの境地にあった。

もっとも、定員二名のうちのもう一人、同僚の平塚秀太《ひらつかしゅうた》は年も若く仕事熱心だった。たった今も木槌を近くで使っていたのだが、橋に異常を見つけたとみえ、親父橋の西方にある堀江《ほりえ》町の町役人、草履《ぞうり》問屋の大坂屋文六《おおさかやぶんろく》を呼びにいったところであった。

橋の管理は、橋の両脇に住まいする者たちに負わされている。それで秀太は大坂屋に走ったのである。

平七郎は一人になって、手持ちぶさたになると、辺りを見渡しながら、

——花冷えだな。しかしこれで、咲き始めて一旦萎縮《いしゅく》していた桜の花も満開になる。

今年こそ桜を愛《め》でながら存分に酒でも飲みたいものだなどと、あれやこれやと考えを巡らせて、橋の欄干を手の向くまま木槌で打って回っていると、

「あら……お役人様、ご苦労様でございます」

親父橋の東に広がる芳町《よし》の陰間《かげま》茶屋の住人の八十吉《やそきち》が、腰を振りながらからころと下駄の音を立てて近づいて来た。

目尻には追従《ついしょう》笑いを浮かべているが、その言葉とはうらはらに、頰《ほほ》に憐憫《れんびん》とも蔑《さげす》みともつかぬ表情を見せ、平七郎の手にある木槌にちらっと視線を投げて来る。

「うむ……雨上がりだ。足元に気をつけろ」

言いながら平七郎は、すーっと木槌を懐《ふところ》に入れる。

遊びごとのように見えても、ちゃんとした職務についている訳で、その道具である木槌を隠すことはない。だが、八十吉は平七郎たちの姿を橋の上に見かけると、近寄って来て余計な愛想を言うものだから、どちらかというと、あんまり顔を合わせたくない人物だった。

それでも役目だから、注意は与える。

江戸の市民の一人が、雨上がりの道で転んで怪我《けが》でもしかねないのを防ぐため、これとて、立派なお役目というものだ。

すると八十吉が、

「うふふ」

粘っこい笑みを送って来た。

「何がおかしい」

平七郎がむっとすると、

「だってさ、こんなにいい男がさ、昼日中に子供の玩具《おもちゃ》のようなものを持って、しかめ面《つら》して橋を叩いているなんて……」

片目をつぶって、にやりと笑う。

おかまの八十吉にからかわれては同心も形無しだと、

「ごほん」

平七郎は咳《せ》き込んだ。

「あら、風邪《かぜ》でもひいちゃったのかしら……春先の風邪はタチが良くないっていうから、気をつけてね」

八十吉は、手をひらひらさせながら、橋の西側に降りて行った。

「まったく……」

くるりと背を向けようとしたその時、

「こっちだ。大坂屋」

平塚秀太の厳しい声がして、秀太が大坂屋を従えて橋を渡って来た。

「ここを見てみろ。橋の真ん中に草が生えてきているぞ」

秀太は、懐から木槌を出すとそこにしゃがんで、指し示したあたりを、こんこんと叩いてみせた。

「ほら……ここと……そしてここと、音が違うだろうが……今日は雨上がりで土《つち》埃《ぼこり》も流れてしまったようだが、普段から掃除をきちんとせねば、床板の目地に埃が溜《た》まって、それが、やがて板を腐らせてしまうのだぞ」

「申し訳ございません。橋掃除の爺《じい》さんが病《やまい》について久しいものですから」

大坂屋は、ひたすら頭を下げる。

「だったら、他の者にやらせろ」

秀太は厳しく言うと、更に慎重に床を叩いて聞き耳を立て、太い溜め息をついた。

「この分なら張り替えが必要かもしれぬな」

懐から帳面を出す。

秀太は、なんでもかんでも帳面につけるのが趣味のような男である。人の記憶より自身が書いた日誌を、金科玉条のごとく信じている。

お役目がら理に適《かな》っているとはいえ、少々度が過ぎるのではないかと平七郎は思っているが、余計な口出しをすれば、面倒臭い日誌を自分がつけなくてはならなくなるために黙っている。

はたして秀太は、帳面を捲《めく》っていた手を止めると、素早く文字に目を走らせて、

「しかし大坂屋、この橋の板は、俺の控えによれば二年前に替えたばかりだな……これほど管理が悪いとなると、こたびの修理の費用はそちらで持ってもらうことになるぞ」

「お役人様、それは困ります」

「困るのはこっちなんだよ。俺たちが管理している江戸の橋がいくつあるのか、お前は知っているだろう……ん」

「はい。おおよそ百と二、三十ほどかと」

「百、二十五」

「はい」

「橋はここだけではない。だから、管理の悪い橋の費用までは持てぬ……というお上からのお達しだ」

「お待ちくださいませ、お役人様。確かに二年前に橋板の修理を致しましたが、直したのはここではなくて、東の袂から三間ほどのところでございました……は

い」

「まてまて、この橋は全長十一間三尺（約二一メートル）」

「はい、幅は三間三尺（約六メートル）」

「分かっておる」

「申し訳ありません」

「いや、この帳面では、直したのは東の端から五間（約九メートル）の所とある。するとあの辺りではないか。嘘《うそ》をつくとためにならぬぞ」

ぐいと大坂屋を睨《にら》み据えた。

そして、それからぐちぐちと小言が始まるのが秀太の癖だった。

「そもそもこの親父橋とは、なんぞや……どんな思いが込められて架けられたのか、存じておるのか」

「はい。その昔、この江戸に幕府が開かれた時、京からやって来た商人庄司甚《しようじじん》右衛門《えもん》というお人が、吉原《よしわら》の遊廓をここに造られたようですが、その頃に架けられた橋だと聞いております」

「そうだ。遠い先人の血と汗の賜物《たまもの》だ。ないがしろにしていい訳がない」

「おっしゃるとおりで」

「では、なんで親父橋なのだ。なぜそのように呼ぶようになった？」

「よくは存じませんが……みな、この橋を重宝しております。はい」

「いいか、親父橋とは……庄司甚右衛門が『親父、親父』と慕《した》われたほどの人物だったゆえ、その親父という愛称をとって、この橋の名前となったのだ」

「さようでございましたか。お若いのによくお調べで」

「感心している場合ではないぞ」

秀太は仕事熱心なのはいいが、もとは深川《ふかがわ》の材木商『相模屋《さがみや》』の三男坊で、商《あきな》いより同心になって捕り物をしてみたいと親にねだり、同心株を買って侍になった男で、しかも年齢は二十三歳、勢い役人風を吹かせたくなるらしく、いわばそれが玉に瑕《きず》で、側《そば》で見ている平七郎はいつも頃合を見て口を出す。

「秀太、もういいではないか。許してやれ」

「立花さん、そんな甘いことを……もしもの時は、あなたが責任とってくれますか。それなら私はいいんですけど」

秀太は横槍《よこやり》を入れられて、頬《ほお》を膨《ふく》らます。

「分かった分かった。俺に任せておけ。そういうことだ大坂屋。どういう処置になるか分からんが、町費に負担のないように定請負《じょううけおい》の御用達《ごようたし》に交渉してみよう。

だが、今後はよく管理を致せ」

平七郎は二十八歳、年長らしく懐の深いところを見せながら、引導を渡すのであった。

「ありがとうございます。それではよろしくお願い致します」

大坂屋は深々と腰を折ると、

「些少《さしょう》ではございますが」

素早く平七郎の袂に、懐紙に包んだ小金を落とす。

「うむ。とりあえず、ここの草を抜いておけ」

「はい、早速私の店の者に致させますです、はい」

「それから、橋桁にずいぶん木切れやごみがひっかかっているようだが、それも今すぐに片づけろ、よいな」

大坂屋は、平七郎の注意に大きく頷《うなず》くと、そそくさと離れて行った。

「おっ、二分か。一人一分だな」

平七郎は早速懐紙を開くと、中に入っていた一分金二枚のうち、その一枚を秀太の手を取って、その掌《てのひら》に握らせる。

「いいんですかね、こんなことして」

秀太は渋々だが懐にしまい込む。そして最後に言う台詞《せりふ》が決まっている。

「私は立花さんと違いますから……立花さんは一生、この橋掛の仕事をするつもりのようでございますが、私は一刻も早くこのお役から逃れたい一心で働いております。どこから突っつかれても失態のないように、それが私の信念ですから」

「分かっている。耳にタコができるほど聞いておるぞ」

平七郎が苦笑した時、真《ま》っ青《さお》な顔をして大坂屋が引き返して来た。

「た、たいへんでございます。し、死人《しびと》です」

大坂屋は、あわあわ言いながら、橋桁を指す。

「何、死人だと」

平七郎と秀太は、橋の欄干から下を覗《のぞ》き、すぐに橋袂に走り、そこから川べりに下りた。

「土左衛門《どざえもん》です。橋桁のごみの中です……そ、その右です。白い手が……」

橋の上から大坂屋がわめく。

なるほど大坂屋の指差す辺りの木切れの中に、白い手首が突き出していた。

「立花さん」

「秀太、番屋に走れ」

「はい」

「それで……遺体を引き上げて番屋に運んで検死をした、そういうことだな」

上役の大村虎之助《おおむらとらのすけ》は、しょぼしょぼした眼で、立花平七郎を、そして平塚秀太をじっと見た。

虎之助とは、なかなか勇ましい名前だが、年は六十を越えている老人である。

三度目に貰った妻がようやく産んだ跡取り息子もまだ十歳という年少のため、老骨にむち打って出仕を続けているのである。

だからお役も一番暇《ひま》な定橋掛で、担当与力は虎之助が一人、その配下が平七郎と秀太という訳で、当然与力としても閑職だった。

したがって定橋掛の詰所というのは、奉行所でも廊下の突き当たりの、納戸《なんど》の隣の小部屋であった。

虎之助は日がな一日その部屋で、鼻毛を抜いたり爪《つめ》を切ったりして配下の報告を待っている。

だが、その報告書も通常は五のつく日と決まっているから、他の日は本を読んだり居眠りをして過ごしているらしい。

奉行所内では、同僚たちからもまだ隠居しないのかというような露骨な視線を送られることもしばしばあるようだが、虎之助はわれ関せずと涼しい顔で座っている。

虎之助は、めったに険《けわ》しい顔などすることはないのである。

ところが今日は、いささか表情に厳しさが宿っていた。

左手の上に開いているのは、秀太がつけている日誌だが、その記述の内容と、虎之助自身が定町廻りから受けた苦情の内容とを、頭の中で照合しているようだった。

「大村様。定町廻りはなんと申しておるのですか」

秀太が気色《けしき》ばんで膝《ひざ》を乗り出す。

「ふむ。向こうは、そなたたちが定町廻りに余計な首を突っ込んで来た。橋廻りは、木槌で橋を叩いていればいいのだと……まあそういうことだ」

「よくもよくも、咎《とが》められるべきは向こうですよ、ねえ、立花さん」

秀太は、怒りの顔を平七郎に向けて来た。

「うむ」

平七郎も相槌《あいづち》を打ち、話を継いだ。

「俺たちは、橋の下の死体を引き上げて番屋に運んだ……奉行所の役人として当然のことをしたまでです」

「ふむ」

虎之助は、まっすぐ平七郎を見詰めて来た。

平七郎は、老人の虎之助にも理解できるように、耳元に寄り、ゆっくりと説明した。

「遺体は、若い町家の女でした。定町廻りを町役人が呼びに行ったのですが、すぐには参らず、我々も引き揚げかねていたところ、番屋に駆け込んで来た女房が、もしやこの女は同じ裏店《うらだな》に住む、おみつさんではないか、確かめさせてほしいと言ってきたのですよ」

女房は、名をおかねと名乗った。

それで平七郎が土間に呼び入れて、

「おみつだと？……よし、確かめてみろ」

遺体に被《かぶ》せてあった菰《こも》の頭の辺りをめくって見せた。

「おみっ、おみっちゃん！……可哀そうに……こんな姿になっちまって……」

おかねは、前だれで涙を拭《ぬぐ》っていたが、

「旦那、おみっちゃんは誤って堀におっこちたのでしょうか……それとも、もしや、殺されたのでは」

おそるおそる聞いて来た。

「ふむ……」

平七郎は滅多に表に出さない、普段は懐深くしまっている十手を引き抜いて孤をすべてとっぱらうと、ざっとおみつの体を眺めて見た。

三年前まで平七郎は定町廻りの腕利《き》きの同心だといわれていた。目の前に遺体が転がっているのを見れば、つい昔の血も騒ぎ、放ってはおけなかった。

「水を飲んでいる様子はないし、これは、殺しかもしれぬな」

平七郎は、おみつの首筋に絞められた痕《あと》を見ていたが、おかねにそこまで言うのもどうかと考えた。だが、自殺や誤って堀に落ちたのではないことだけは伝えてやった。

「やっぱり……」

おかねは青い顔をして呟《つぶや》いた。

「やっぱりとは、何か心当たりでもあるのか」

「おみっちゃんはこの掘割北詰にある新材木町《しんざいもく》の小料理屋『水月《すいげつ》』の仲居をして

いたんです。いい人が出来たとか言っていたんですが、近頃ではその男に騙《だま》されたとかなんとか言って嘆いていたんです」

「その男の名は？」

平七郎がおかねに、より詳しく聞き始めたところに、定町廻りの同心亀井市之《かめいいちの》進《しん》と、工藤豊次郎《くどうとよじろう》が飛び込んで来た。

「やや っ」

平七郎のかつての同僚たちだった。

しかし、二人は冷ややかな眼で平七郎と秀太を一瞥《いちべつ》すると、

「何をしてるんだ、おぬしたちは」

遺体はそっちのけで、引き抜いた十手でこちらを差した。

「この遺体は、そこの親父橋の橋桁にひっかかっていたんですよ。あなたたちが来るのを待っていたんじゃないですか」

秀太は、むっとして言い返した。

「なるほど……いや、ご苦労でした。後は任せてくれ。おぬしたちは木槌で橋を叩くのが仕事、さあ、帰った帰った」

亀井市之進は、手をひらひらさせて追っ払う。

「亀井さん、一つだけ……どうやら、この者は殺されたようだ。よく調べてやってくれ」

平七郎が、きりきりと唇を噛《か》んで悔《くや》しがっている秀太を押し退けて、亀井に告げた。

「ふん。平さんよう、あんたはもう定町廻りじゃねえんだぜ。首突っ込むのは止めるんだな」

頭ごなしに言って来た。

さすがの平七郎も、きっと見詰めて、

「俺をとやかく言うのはいい。しかしこの遺体の主、おみつの無念を晴らしてやってくれ……と、俺は言っている」

「ふ……ふふ」

亀井は工藤と見合わせて冷笑を浮かべると、

「それは、これからの俺たちの判断次第というものだ。とにかく、橋廻りの出る幕じゃねえ。帰ってくんな」

亀井は、平七郎と秀太を番屋から追い出したのであった。

「大村様、そういうことです」

平七郎はそこで話を切ると、黙然として報告を聞いている虎之助の顔を見た。

「相わかった。そんなことだろうと思っていた」

「大村様。抗議したいのはこっちです」

秀太が言った。

「いや……言わせておくのだ。放っておけ」

「ですが、それではあんまりではないですか。どうして、定橋掛はそんなに卑屈にならなきゃいけないんですか」

「見ざる、聞かざる、言わざるだ……」

「大村様」

「捕物は定町廻りに任せておけばよい。こっちは橋だけ見てればいいのだ。別に、卑屈になっている訳でもなんでもない。己の仕事を黙々とこなす。それでいい……」

ご苦労だった、もう帰ってもいいぞと言われて、二人は詰所を出て来たのだが、秀太は廊下に出るや、その場ですぐさま、本日の屈辱を日誌に書き記す。

「秀太……」

――呼びかけても聞こえぬな。

高ぶる感情を押さえ切れぬのか、秀太は返答もせずに廊下に蹲《うずくま》って筆を走らせている。

平七郎は秀太を置いて玄関に向かった。

すると、向こうから配下の同心を従えた与力の一色弥一郎《いっしきやいちろう》がやって来た。

一色弥一郎はかつて平七郎が定町廻りで、事件探索の下知《げち》を仰いだ上役だった。

ある事件がきっかけで、その後一色は出世して筆頭与力格になり、一方の平七郎は定町廻りを外されて定橋掛同心となっている。

――一色弥一郎……。

見詰める平七郎に一色は目もくれず、肩で風を切るようにして奥の吟味役与力の詰所に消えた。

二

「これは平七郎様、お久し振りでございやす」

平七郎が、永代《えいたい》橋の西詰にある水茶屋『おふく』の暖簾《のれん》を割ると、店のお抱え船頭だった源治《げんじ》が見迎えた。

源治はもう五十を過ぎて老境に入った男だが、猪牙舟《ちょきぶね》の船頭としては江戸随一、舟の滑りも、漕《こ》ぐ速さも、この人をおいて他にはないといわれたほどの人である。

かつて平七郎が定町廻りの頃、平七郎はこの『おふく』の店を溜まり場とし、いざという時には、源治の猪牙舟で誰よりも逸早《いち》く現場に乗り込み、犯人の退路を塞《ふさ》いで捕縛《ほばく》していた。

狙えば必ず捕縛する平七郎のその腕が、当時仲間うちから『黒鷹』と呼ばれていた所以《ゆえん》だが、平七郎が橋廻りになってからは、源治は女将《おかみ》のおふくに断わりをいれ、郷里の川越《かわごえ》に帰っていた。

「元気そうでなによりではないか。この店もお前がいなくては寂《さび》しい限りだと思っていたが、そうか……帰ってきたのか」

平七郎は、懐かしげに言った。

「旦那、ありがとうございやす」

源治は言葉を詰まらせて洟《はな》をすすった。

「平さん、源治さんはね、また、旦那のお手伝いができたらって帰って来たんですよ」

奥から女将のおふくが、顔を出した。

　おふくは年齢不詳の女だが、艶《つや》も色もあり、男客はこの女将目当てにやってくるものも結構多いと聞いている。

「無理だな。俺は今は橋廻りだ」

「橋廻りだって舟が必要なことはあるでしょう。いいえ、橋廻りだから、以前にも増して舟が必要じゃないのかしら」

「おいおい、何を言うのかと思ったら」

　平七郎は苦笑するが、内心は、舟に乗ってこの江戸を縦横に走り回っていた頃が懐かしい。

「だって、本所《ほんじょ》深川の橋廻りのお役人は、鯨《くじら》船を使って見回りしてるんですよ。あんな大きな船、どうするんですかね。かえって小回り利かないと思うのに……。だったらですよ、こっちだって猪牙舟ぐらい使ったっていいじゃありませんか」

「そうもいかぬよ。橋廻りには使っていい金などないのだからな」

「まったく、近頃の平さんときたら、借りてきた猫みたいになってしまって、悔しいわね。平さんがさ、猪牙舟に乗って、懐手に前を見据えて、この隅田《すみだ》川をさかのぼって行く姿は、みなさんかっこいいって惚《ほ》れ惚れしてたのに」

「ふむ、いまはしょぼくれた男だと、そう言いたいのだな」

「嫌な人……それだけみんな期待してるんじゃないですか」

「おふく……」

おふくは何も知らないが、それ相応の働きをしないことには、奉行所は舟を使うことに目こぼしはしてくれない。

橋を叩いて歩く橋廻りなんぞに舟使用など許可をする訳がないのである。

とはいえ、平七郎だって、源治の舟に乗れる日がくればと思わぬ訳ではない。

昔が懐かしいからこそ、平七郎は自身が定橋掛となった時、このおふくの店を永代橋の管理監督の店としたのであった。

「それはそうと、平さん」

おふくは、腰を据えた平七郎に神妙な顔をして、

「ほら、あの女の人、今年も毎日来てるんですよ」

永代橋の方を顎《あご》で差した。

「何……」

平七郎はすぐに立ち上がって店の外に出て、橋の上に眼を凝《こ》らした。

しかし、行き交《か》う人の流れは殊《こと》の外《ほか》多く、陽の沈みかけた橋の上は薄墨色に包まれていて、容易に女の姿は捉えることは出来なかった。

「いませんか」

おふくも出てきて、

「まさか、身投げでもしたんじゃないでしょうね」

心配顔で言う。

「一度平さんから声をかけておいたほうがいいんじゃありません？……去年の桜の頃だって、どう見たって深い訳ありの顔でしたよ。それだって気になっていたんですけど、今年はもっと悲愴《ひそう》な顔してたんです」

「悲愴な顔……」

「ええ、今にも死にそうな……」

「………」

「何かあってからでは遅いでしょ」

「分かった、すぐに戻るから何か見繕《みつくろ》っておいてくれ」

平七郎は、おふくに言い置いて橋の上に出た。

今日は秀太とは別行動だった。

――秀太がいれば、大いに女を気にしたに違いない。

実は昨年、秀太は永代橋に佇《たたず》む女について記帳しているのを平七郎は側で見ていた。

『女は美貌《びぼう》にて、訳ありの様子であった――』

平七郎は間近には見ていないが、秀太が橋の上を木槌で叩きながら女を観察してきたところ、そのようだったと記したのである。

秀太には、たいがいの女が美貌と映るようだが、あの興奮のしようからみれば、本当に美貌の持ち主だったのだろうと、平七郎もその時から関心を持っていた。

――なんだ、この生暖かい風は……。

折からの風に、平七郎の着流しの着物の裾《すそ》が翻《ひるがえ》る。

一昨日は雪も舞うほどの冷え込みだったのに、昨日の午後からは嘘のように暖かい。気味が悪いほどだった。

平七郎は、行き交う人の流れの中に、その女はいないかと注視しながら、ゆっくりと橋を渡った。

永代橋は長さが百十間（約一九八メートル）もある。

幅は三間一尺（約六メートル）、架けられたのは元禄十一（一六九八）年で、幕命により関東郡代伊奈半左衛門《いなはんざえもん》の指揮のもと建設されている。

近いところでは文化四（一八〇七）年の八月に、深川八幡宮の祭礼に押しかけた群衆が橋の上に殺到し、東詰一間を残して橋は崩れ落ち、水死者千五百人も出す大惨事を起こしている。

　そうでなくてもこの橋は、隅田川に架けられた橋の中でも一番海に近い。潮風にさらされ、大風に襲われて、あるいは大水や大火に見舞われるなどして、何度も架け替えられているのだが、日々押し寄せる諸国回船の府内への入り口として橋は欠くことのできない存在となっていた。

　加えて、橋の下を船が通りやすいように反りあがらせて高くつくってあり、橋の上からは房総《ぼうそう》の山々や富士白峰の眺めが絶品で、江戸では最も眺望の優れた場所となっている。

　この季節には、隅田川の上流を眺めると、川の両脇の土手に植えられた桜が川上に向かって帯が流れているように見え、絶景であった。

「ふむ……」

　平七郎は、夜桜見物のために灯の入った雪洞《ぼんぼり》が、妖艶な桜の枝を照らし出している並木を左手に眺めながら、まもなく橋の中ほどに進み出た。

　はたして、例の女は、欄干に寄りかかるようにして、遠くをじっと眺めていた。

　女はおふくの言う通り、昨年も桜の季節に佇んでいた。

隅田川堤の桜が咲き始めて、やがて風に散っていく十日余の間、女は毎日、陽が昇るとやって来て、薄暮に包まれる頃に帰って行った。

どうやら家は橋の東側、深川にあるらしく、おふくの店がある西詰に降りて来ることはなかったが、町家の娘にしては品のある色気に包まれた色白の美しい女というので、橋の見回りでおふくの店に立ち寄った平七郎や秀太の興味を誘ったのであった。

花見の季節や深川の祭礼や、それに隅田川の花火の季節には、特にこの川に架かる橋の点検は重要で、その間、何度も二人はこの橋に立ち寄ることになっている。

人出の制限や荷車の搬入の制限など、常に目を光らせていないと大惨事を招きかねないからである。

さまざま考えながらも、平七郎は女に声をかけるのをためらっていた。

こんなに近くからまじまじと見詰めたことは初めてだった。横顔ではあるが、俯《うつむ》きかげんの細面の顔は、噂《うわさ》どおり美しかった。

だが、いささか寂しげに見えた。

その平七郎の側を、一見して幸せそうな若い男女が通り過ぎたその時、偶然女もその二人をちらりと見たが、その目を川面に戻すと、やがてうっと呻《うめ》くように、突然顔を両手で覆って泣き崩れたのである。

通り過ぎた若い男女の姿に心を乱されたようだった。

多分それは、男が手に持っていた手折《たお》った桜の一枝を、連れの女の黒髪に挿してやったその時に、甘えるような女の至福の顔を見たからに違いなかった。

「もし……」

平七郎が声をかけるより一瞬早く、女は向こうから渡って来た遊び人風の若い男たちに囲まれていた。

驚愕《きょうがく》して見返す女に、男たちは口々にからかいながら、一人の男が女の腕をぐいとつかんだ。

女は恐怖に顔を引きつらせて、後退《あとず》さる。だが思うに任せず、

「放してください」

悲鳴をあげた。

――いかん。

平七郎は駆け寄って、

「何をする。その女の腕を放せ」

男たちの背に怒鳴った。

「なんだ、なんだ……けっ、木槌を持ったお役人さんが、なんの御用ですかい。こう暗くなっちゃあ橋の傷みも分かるめえ」

一人の男のその言葉で、どっと男たちは面白そうに笑ったのである。

平七郎は、ずいと出て、

「痛い目に遭いたくなかったら、去れ」

「だとよ……」

男たちは小馬鹿にして、また笑った。

「女は渡せねえ……それとも、人の恋路を邪魔するんですかい」

目つきの鋭い年嵩《としかさ》の男が、懐に手を差し入れて平七郎の前に出た。

懐に呑《の》んでいる匕首《あいくち》をつかんだようだ。

「何が恋路だ。その女は俺の知り合いだ」

「うるせえ」

飛びかかって来た男の手にある匕首を、平七郎は木槌でコーンと払い落とすと、素早く女を引き離して後ろに囲った。

「これ以上逆らうと、皆まとめて、番屋にしょっぴくぞ」

平七郎は木槌を手に怒鳴りつけた。

「の、飲み直しだ」

男たちはあたふたして、橋の東に走り去った。

「この時刻だ。一人でこんなところに佇んでいては危ないぞ」

平七郎は厳しく言った。すると女はこくりと頭を下げて謝ると、潤《うる》んで黒々とした瞳を伏せた。

「名は、おちせと申します」

女はそう名乗り、後はうなだれて口をつぐんだ。

頬には暗い影が差し、おふくのいうとおり生気のない、どこかに魂を忘れてきたかのような表情だった。

二人がいるのは、おふくの店の二階の小座敷、平七郎は永代橋から女を連れてきたものの、腰掛けになっている階下は花見帰りの客で一杯だったため、おふくに言って二階に上がった。

酔っ払った客の、声高に言葉を交わす賑々《にぎにぎ》しさを耳朶《じだ》に捕らえながら、平七郎は慎重に声をかけた。

「先ほどの男たちは知り合いか」

「いえ……」

「そうか……」

「助けて頂きありがとうございました」

「人待ちの様子だったが、お目当てのお人は参らぬようだな」

女は、はっとして顔を上げた。

「去年の桜の頃も、同じあの場所で待っていたろう」

「お役人さま……」

「いや、咎めたり詮索《せんさく》したりしているのではない。あんたの様子を見ていると、去年とは違っている。身投げでもするんじゃないかと、まあ、ここの女将も心配してな」

女将のおふくは、永代橋を見守る自分たちの協力者だと告げた。

永代橋に限らず、たいがいの橋の袂の住人の中から、常々橋に気を配り、いざという時には知らせてくれる協力者をつくっている。

「俺も、放ってはおけぬ質《たち》だからな」

「……」

「力になれるかどうかは分からぬが、話してくれればいい知恵も浮かんでくるかもしれぬ。そう思ったのだ」

「お役人様」

平七郎を見詰めたおちせの黒い瞳から、涙が落ちた。

「いや、話したくなければ話さずともよいのだぞ」

「………」

「よし、じゃあ、送っていくか。まだあいつらが待ち伏せしているかもしれぬからな」

平七郎が膝を起こした時、

「嬉しいのです」

おちせは言った。

「お気持ちが嬉しくて……」

手をついて見詰めてきた。

「実は私、お役人様のおっしゃる通り、あるお人を待っておりました」

「うむ」

「でも、それも今年が最後、このまま二度とそのお人に会えぬのかと思うと、いっそ死んでしまいたい……そんなことを考えておりました」

「まてまて、待っている人がお前にとってどのような人なのか、おおよその見当はついた。しかしそれにしても、なぜ今年が最後なのだ」

「私、来月には妾奉公《めかけ》に参ります」

「何……」

「借金がありますから……借金は吉原にこの身を売ったって返せないほどの額なんです」

「そうか……そういう事情があったのか」

「ですから、その人に、お会いしたところで、もうどうなるものでもございません。ただ……」

おちせはそこで言葉を呑んだ。

だがすぐに、

「せめて、せめてこの私のことを、どんな風に思ってくださっていたのかと、それが知りたくて」

切ない眼を上げた。

「………」

「一度だけでいい、私に会いに来てくださったら……私を忘れてはいなかったのだと言ってくださったら……私はそれを生涯の支えとして生きていけるような気がしたのです」

おちせの話によれば、二年前、おちせは川崎大師に父の病気平癒《へいゆ》を願ってお参りしたが、境内《けいだい》で武家に絡《から》まれた。

武家は二人で、祈禱《きとう》所で擦《す》れ違った時から尾《つ》けられていたようで、境内の茶屋の床几《しょうぎ》に腰掛けてまもなく、二人のうちの一人、三十半ばかと思われる武家が近づいて来て、

「お前は、足袋《たび》屋『京福屋《きょうふく》』の娘だな」

口元に冷たい笑みを浮かべてそう言った。

おちせは、当時深川八名川《やながわ》町に店を張る足袋屋『京福屋』の一人娘、声をかけてきた武家は店のお得意様に違いないと判断して、丁寧《ていねい》に頭を下げた。

すると武家は、

「名はおちせ」

と言ったのである。

「はい。さようでございます。いつもご贔屓《ひいき》にして頂いてありがとう存じます」

おちせは、自分の名が知られていることに少々不気味さを感じながらも、立ち上がって腰を折った。

母が亡くなってから久しく、おちせは物心つく頃から父を助けて、母が生きていれば行ったであろう挨拶《あいさつ》回りなどを、進んでやって来ていたのである。

父が一代で築いた京福の足袋は評判が良く、年々歳々にお客は増えていったのだが、抱えている職人は松吉《まつきち》と忠助《ちゅうすけ》、それに仙太郎《せんたろう》という三人だけで、とても注文をさばき切れないほどになっていた。

そんな折、父が病に倒れ、一刻も早く病気が治ってほしいと考えていたおちせは、年が明けて水がぬるむとすぐに、お大師にお参りに来たのである。

ただ、目の前の武家には覚えがなかった。

おそらくこちらから父が直接出向いて注文をとっている立派なお家のお武家に違いない、父ならば知っているのかもしれないなどと、素早く頭の中で考えていた。

ところが、その武家は、

「お前の店の足袋には、針が入っているのか、ん」

ならず者のような口調で聞いてきた。

「いえ、そのようなことは……何度も点検致しまして皆様にはお使い頂いている筈《はず》でございます」

「俺の足袋に入っていたのだ」

「まさか……」

「俺が嘘をついているとでもいうのか」

「いえ、けっしてそのような……そのこと、父は存じ上げているのでしょうか」

「今はじめて教えてやったのだ」

「………」

「過ぎたことだと思っていたが、お前の顔を見て腹が立ってきた」

「代わりの足袋をお届けいたします」

「いらぬ……足袋のかわりにお前がつき合ってくれればいい」

驚愕しているおちせの腕を、ぐいと引いた。

その時であった。

「待ちなさい。聞いていれば場所柄もわきまえず、しかも因縁とも取られかねない、武士としてあるまじき行為ではござらんか」

茶屋の奥から出て来たのは、二人の武家より遥《はる》かに若い、きりりとした武士だった。

おちせが振り返ってその武家を見た時、おちせの腕をつかんでいた武家が腕を放し、後ろに飛びのいて抜刀した。

若い武家もおちせの前に立ち、腰に手をやって柄頭《つかがしら》を上げた。

次の瞬間、互いの刃が交錯したが、おちせが目を見開いた時には、若い武家の刀が、因縁をつけてきた武家の喉元に、ぴたりとつけられていた。

勝負は瞬時に決まっていた。

おちせに因縁をつけた武家は、青い顔をして、足早に立ち去ったのである。

「お助け頂いてありがとうございました。せめてお名前を……」

おちせが駆け寄って尋ねると、武家は名を奥村鉄之進《おくむらてつのしん》と名乗り、旗本の次男坊だと言ったのである。

二人はその後、府内までの道程を同道することになるのだが、永代橋の西詰まで送ってくれた鉄之進は、

「また、会いたい……会ってくれぬか。桜の咲く頃になれば、そなたの父も私の父も元気になっているに違いない。この橋の上で……待っている」

鉄之進は、そう言い置いて背を向けたのであった。

おちせはそこまで話し終えると、恥ずかしそうに俯いた。

「そうか……奥村鉄之進という武家を待っていたのか」

平七郎は確かめるように聞いた。

「はい……でも、鉄之進様とは、昨年も、そして今年もお会いできませんでした」

「…………」

「でも、こうして胸のうちを聞いて頂いて少しは心も晴れました」

おちせは、笑みを見せたのである。

「誰かを使いにやって、呼び出してみたらどうなんだ」

「いえ、もうそれは……こちらも事情が変わりましたし、もうお会いできるような立場ではございません」

「しかし、聞いているのだろう。住まいを……」

「ええ、でももういいのです。お会いできたところで、どうなるものでもございませんもの」

「おちせ……」

「鉄之進様と私では、身分が違います……立花様にお話ししていて気づきました」

行灯《あんどん》の灯が、おちせの寂しげな頬を照らしていた。

三

「平七郎殿も、早くお役替え頂いて、お父上様のような立派な同心になってくださることを、わたくし、こうしてここに座ってずっとお祈りしているのでございます。あなた、そうでございましょ」

里絵《さとえ》は、仏壇に手を合わせたまま、後ろに控えている平七郎に聞かせるように、位牌に語る。

まだ四十も半ば、亡くなった父の後妻で、平七郎にとっては継母《ままはは》である。

里絵には子が出来ず、父が亡くなった時実家に帰ってはどうかという話が持ち上がったが、

「自分は紛《まぎ》れもなく平七郎の母でございます。平七郎を成人させ、嫁を貰って立派な跡継ぎが生まれるのを見届けるのがわたくしの役目かと存じます。いまさら

実家には帰れません」

きっぱりとその話を蹴《け》った。

それが十三年前だ。その時里絵が実家に帰っていれば、また違う幸せの道があったのではと考えると、平七郎は里絵には頭が上がらないのであった。

しかし最近は、顔を見るたびに、いつ定橋掛のお役目は解かれるのか、嫁はいつ貰うのかなどと何かと口うるさい。

逃げたくても逃げられないのがこの朝の儀式で、仏壇の父や先祖に挨拶をしてから出仕《しゅっし》しなければならず、里絵はこの場を借りて、あてのないいくりごとを言うのが日課になっていた。

「母上、ご懸念なく……」

「何がご懸念なくなものですか」

目尻を吊り上げた里絵が、膝を回して平七郎に向いた。

「あなたは、少しはわたくしの言うことを、お聞きになっているのですか」

「ちゃんと聞いております」

「ならば……いいですか。お父上様は同心でも長年のお手柄で、百俵を賜《たまわ》っておりました」

「それも、お聞きしています」

「もう少し長生きをされていたなら、きっと与力に昇進なさるお人だったと、皆様おっしゃってくださいました」

「はい、それも存じております」

「盆暮れのつけ届けにしたって、お大名の皆様方、お旗本の皆様方など、どれほどたくさん頂いておりましたことか……」

「そうでした、はい」

「府内の商人の皆様方しかりです……うちの台所は潤沢でした」

「母上、父上は特別なお方だったのですよ」

ついに平七郎は閉口して言った。

「お黙りなされ。あなたは、お父上様のお子です。努力をすれば、お父上様のように出世できる筈ではありませんか」

「母上……母上のお気持ちは重々……ですが、そろそろ出仕の時刻、私はこれで」

ようやく腰を上げたところに、

「ぼっちゃま、一文字屋《いちもんじ》のおこうさんがお見えでございます」

下男の又平《またへい》だった。父の代からの奉公人で、六十はとっくに過ぎた老人だが、台所いっさいをこの又平がやっている。

「すぐに行く」

立ち上がったところに、おこうが使用人の辰吉《たつきち》を連れて現われた。

「平七郎様……」

菖蒲《あやめ》色の地に乱れ鳥だすきの小紋の小袖、帯は黒繻子《じゅす》をきりりと締めたおこうの姿は、雪洞《ぼんぼり》に照らされた夜桜を見るような美しさである。

なぜこのような娘が、あの、読売（瓦版）屋の親父さんの娘なのかと、ずっと平七郎は不思議に思ってきた。

久しく会わない間に、一段と美しくなったと驚くばかりである。

「いやな人、何か私の顔についてますか」

「いや。おこう、久しぶりではないか」

「はばかりさま。実は、ちょっとお知らせしたいことがございまして」

「まさか、読売の店を畳むとかいう話じゃないだろうな」

「お察しの通り商売はあがったりですよ。でも、父が残してくれたお店ですから、やめるにやめられなくて」

「親父さんには気の毒なことをした。すまぬ」

平七郎は頭を下げた。

三年前、平七郎が定町廻りだった時、平七郎たちが手掛けた事件を読売屋として調べていたおこうの父総兵衛《そうべえ》は、盗賊の隠れ屋を突き止めて知らせてくれたのだが、平七郎たちの駆けつけるのが遅れて賊の手にかかって死んでいる。

しかし、総兵衛の書き残した記録によって、まもなく盗賊の一味は捕縛することが出来たのである。

その時平七郎は、当番方与力だった一色弥一郎の指示を仰いでいた。

ところが一色は、総兵衛が賊の手にかかって命を落としたと知った途端、その責は平七郎にあるとした。

だがまもなく事件が解決してみると、大捕物だった捕縛劇に至る手柄を、一色は自分のものとして報告したのである。

そして、平七郎は定町廻りから外されて定橋掛となり、一方で一色はその功績により吟味方の筆頭与力格に出世したのであった。

吟味方の与力は十騎、一色はそのうち、上から二番目に位置する座を占めたのである。

総兵衛が殺されたその真実は、平七郎がすぐに現場に向かうよう一色を促《うなが》したにもかかわらず、一色が待ったをかけ、無駄な時間を費やしたのが原因だった。張り込んでいた総兵衛が、賊が逃げて行くのをみすみす見逃すことが出来なくなって、賊の前に飛び出したのだ。

町方に知らせていた刻限はとうに過ぎていたし、自分が時をかせいでいるうちに、やって来てくれるだろうと信じていたのである。

一色の態度に業《ごう》を煮やした平七郎が駆けつけたその時には、総兵衛は虫の息で転がっていたのである。

「総兵衛、すまぬ……」

平七郎は総兵衛の体を抱き上げて、絶句した。

——俺たちが早くに駆けつけていれば、死なずにすんだものを……。

平七郎は泣いた。

だが一色は、自分が決断を遅らせたことは直隠《ひた》しにして、不手際の部分はすべて平七郎になすりつけて、その後の二人の道を決定づけたのである。

平七郎はだからと言って、一色の報告に異議を申し立てることもせず、自分がすべての責任を負ったのである。

責めをどちらが負うことになろうとも、死んだ総兵衛が生きて帰ってくる筈もない。

あの折、一色などの采配《さいはい》を待たず、独自に、総兵衛のもとに走っていればという悔恨《かいこん》と慙愧《ざんき》の念がいまだある。

おこうの父を死なせてしまったのは、紛れもなく町方である自分の責任だと平七郎は考えている。

以後、おこうは、父の店を継ぎ読売を続けているが、このご時世、いつ店を畳んでもおかしくない状況に追い込まれていると聞いていた。

だがおこうは、一度も平七郎に恨み事を言ってきたことはない。

時折、この同心屋敷を訪ねて来ては、母の里絵とおしゃべりをして、帰っていくのであった。

「実はね平七郎様。これは秀太さんにお聞きしたのですが、親父橋で殺されていたおみつとかいう女の人、お奉行所では自殺で片づけたんですってね」

「うむ」

あれは、腹のおさまらぬ決裁だったが、平七郎はかやの外、上役の大村に言われた通り、口をつぐんでいたのである。

「それじゃあ平七郎様は納得なさらないと存じまして、この辰吉に探らせたのでございます」

おこうは、連れてきた辰吉をちらっと見遣る。

待ってましたと辰吉が進み出て、

「へい、旦那。これは大変な事件ですよ。おみつは殺されたんです、それもお旗本に」

「まことか」

「へい。おみつが通っていた『水月』で聞いたんですが、おみつにはいい人がいましてね。これが旗本の旦那だったんですが、その男に、これまでこつこつ溜めてきた金三十五両を、おみつは全部貢《みつ》いでいたらしいんでさ……ところがつい最近になって、先方から別れ話が出ましてね。それでおみつは金の返済を迫っていたらしいんです。おみつと仲が良かったおきくという仲居の話では、それで殺されたんじゃないかって」

「ふむ。しかし、それだけでは証拠としては弱いな」

「分かっていますよ、旦那。まだあるんですよ」

「何」

「その旗本というのは、もともとは水月の客だった訳ですから、名は九鬼縫之助《くきぬいのすけ》って野郎だってことは分かっています。でね、その野郎とですね、おみつはこれから待ち合わせをしてるんだって、おきくに言ってたらしいんです」

「いつの話だ」

「死体が揚がった前夜です。雪が降った日だから忘れないって、おきくは言ってました」

「………」

「旦那はもう定町廻りじゃねえってことは存じておりやすが、お知らせした方がいいって存じやして」

「そうか……九鬼縫之助という男にな。しかし、お前も今言った通り、俺は定橋掛だ。お前からこれこれこうでしたと、定町廻りに知らせてやってくれ」

「駄目ですよ、旦那。もうすでに門前払いを食らったんですよ」

「………」

「それでいいんですか、旦那。人殺しをした悪い奴が平然として生きているんですぜ」

辰吉は怒っていた。挑戦的な物言いだった。

「それなのにおみつはですよ、虫けらのように殺されたんですぜ……旦那、おみつは、身寄りのない可哀そうな人だったんですよ。その一人ぽっちのおみつがですよ、一生懸命溜めた金を巻き上げられて殺された。世の中、それでいいんですかね」

「辰吉……今の俺には、どうしようもできぬのだ。分かってくれ」

「おやそうですかい」

辰吉は、冷ややかな笑みを送って来た。

気持ちは分かるが、平七郎には辰吉の訴えを聞くのが辛かった。

見ざる言わざる聞かざるを通せと言った大村の言葉が、頭の中を巡っていた。

「辰吉、帰りましょ」

おこうが言った。平七郎に向けた視線には、咎めるような棘《とげ》があった。

「平七郎様ができないっておっしゃるのなら、私が筆の力で暴《あば》きます」

おこうは、きっぱりと言ったのである。

「おこう、危ない真似《まね》はやめろ」

「ほっておいてくださいまし。ここに来たのが間違いでした。父の無念が、今ようやく分かったような気がします。辰吉」

おこうは立ち尽くす平七郎に、冷たい一瞥をくれ、辰吉と裏庭の木戸に消えた。

「平七郎殿」

振り返ると、母の里絵が立っていた。

「母上……」

「あなたは、女子《おなご》の気持ちも分からないのですね」

「女子の気持ち？」

「おこうさんはあなたのことを、お慕いしていますね」

「まさか……」

「そのようでは、いつまでたっても……まことこれほどの唐変木だったとは」

里絵は、呆れ顔で苦笑した。

意外な言葉に、平七郎は混乱していた。


「奥村様……でございますか」

妻女は怪訝《けげん》な顔を向けてきた。

「そうです。奥村鉄之進というのだが、奥村家の次男坊で」

「あの、失礼でございますが、あなた様は奥村様とはどういう……」

「昔、道場で一緒だった者ですが」

平七郎は嘘をついた。

同心姿で何かを尋ねれば、誤解を招きかねないと思ったからだ。

十手も木槌も懐にしまってあるし、橋の見回りを秀太一人に押しつけて、一人でこの御番衆の住む市《いち》ケ谷《や》にやって来たのである。

用向きは当然、おちせが永代橋で待っていた男、奥村鉄之進に会うことだった。

ところが、おちせから聞いていたその場所には空き家しか見つからず、もしやと思って隣家の妻女に尋ねたところ、妻女は奥村と聞いて顔色を変えたのである。

——何があった……。

緊張した面持ちで妻女を見詰めると、妻女は小さな声で、奥村の家は一年前に潰《つぶ》されたのだと言った。

「潰された……では皆さんは、どちらへ参られたのですか」

「あなた様は、鉄之進殿のお兄様が切腹なさったこと、ご存じないのですね」

「切腹を……」

妻女はさらに声を潜めて、

「お父上様がお亡くなりになって、跡を兄上様が継がれたのですが、その兄上様がご切腹、次々と不幸に見舞われまして、お気の毒でした」

「何故《なにゆえ》、奥村の家は潰されたのですか」

「そこのところは……」

妻女は言い淀み、

「申し訳ございません。いい加減なことを人様に申し上げるものではないと夫からきつく言われておりますので……。実は昨日も、屋敷の前に佇んでいた娘さんにお会いしまして、その方にも奥村家はお取り潰しになったことを申し上げたのですが……」

——おちせか。

と、平七郎は思った。

最後の勇気をふり絞って、おちせが鉄之進に会いに来たに違いない。しかし、おちせの最後の願いも、この場所で絶たれたということか……。

一途に思い詰めているおちせの心が切なかった。

平七郎は今朝、読売の一文字屋のおこうに、厳しい言葉を浴びせられたところである。

しかもおこうは、父親が亡くなったその無念が分かったと言い、胸の奥にしまっていたものを、平七郎に突きつけた。

あの時、平七郎は、逃げ出したいような気分だったのである。

上役の大村虎之助の言う通り、定橋掛は見ざる言わざる聞かざると、おみつ事件に目をつむるとしても、せめて叶《かな》わぬ恋に傷心しているおちせの願いを叶えさせてやれぬものかと、それで鉄之進を訪ねてきた平七郎であった。

おみつの事件とおちせの問題は、まったく別の事柄ではあるが、おちせの願いを叶えさせてやることが出来たなら、おみつ事件で手も足も出せなかった自分の免罪符になるのではないかという、それで釣り合いを保とうとする狡猾《こうかつ》さが、心の奥で働いたのかもしれぬ。

しかしこれでは、おちせの願いも叶えてやることも出来なくなったと平七郎は落胆し、それでも妻女には念を押した。

「では、鉄之進が今どちらにいるのか、それもご存じないのですね」

「はい……」

「そうですか、鉄之進は行方知れずですか」

肩を落として踵《きびす》を返すと、

「もし」

妻女が呼び止めた。

「下男の与茂八《よもはち》さんなら、鉄之進殿のこと、ご存じかもしれません」

妻女は小さい声で言い、屋敷の中にそそくさと消えた。

四

「与茂八は、鉄之進様の姿を見るに忍びないと、泣いておりましたぞ」

薄暗い裏店で、平七郎は奥村鉄之進と対面していた。

平七郎は永代橋で鉄之進が現われるのを待っているおちせのために、奥村家を訪ね、隣家の妻女に消息を聞いた。そして与茂八に会って、ここに来たのだと言った。

むろん、自身は北町奉行所定橋掛同心、立花平七郎であることは最初に告げた。

その上で平七郎は、このことはお役目外だが俺も人の子、おちせの悲嘆を見るに見かねてやって来たのだと、率直に思いを語ったのである。

だが鉄之進は、

「立花殿、ごらんの通りの暮らしでござる。私は、おちせ殿に会いに行けるような状況にはありません」

膝に揃《そろ》えた拳《こぶし》を握り締める。

月代《さかやき》は伸び、口髭も伸び、竹ひごで作った虫かごが積んである裏店の小さな板間に座っている鉄之進は、一見、夢も希望も失った青年のように見えた。

だが平七郎は、膝の拳を睨んでいるその眼の色に、いいようのない憤《いきどお》りを抱えているのを、瞬時に感じ取っていた。

平七郎が与茂八から教えられた、神田《かんだ》の平永《ひらなが》町のこの裏店にやって来たのはつい先ほどのことで、長屋の路地に足を踏みいれた途端、平七郎の胸が痛んだ。

奥村鉄之進は次男坊とはいえ二百石の旗本の子息だった男である。

それが一転して、父を失い、兄を失い、わびしい裏店住まいとなったのである。

――ここで、どのようにして生活の糧《かて》を得ているのか……。

一方のおちせも、借金のために身を売るようにして妾奉公することが決まっている。

ひとごととはいえ、なぜ、二人が同時に、不幸に見舞われたのか、世の無常を改めて知る平七郎だった。

ただ、救われたのは、平七郎が井戸端に集まって小魚を分け合っている女房た

ちに近づいて、奥村鉄之進の家を聞いた時、

「鉄之進様ですか」

女房たちは、同心姿の平七郎をじろじろと眺めながら、

「何の御用ですか」

一斉に平七郎を取り囲み、挑戦的な表情を見せたのである。

皆で鉄之進を守っていこうという結束がありありと見え、鉄之進がこの長屋の連中に、どんな形で受け入れられているのかが分かり、ほっとしたものであった。

「いや、そういうことではない。俺は鉄之進の友人だ」

平七郎がそう言うと、

「なんだ。旦那、脅かさないでくださいよ。鉄之進様はね、ほら、奥から二番目の、すぐそこですよ」

女房たちは明るく笑って教えてくれたのであった。

「おぬしの気持ちも分からぬではないが、実はおちせも、のっぴきならぬ事情を抱えている。だから、おぬしを待つのも今年の桜の季節が最後だと……」

鉄之進の頬がぴくりと動いた。

顔を上げて、平七郎を切ない眼で見詰めてきたが、すぐに表情をもとに戻して、

また俯いた。

「言わないでおこうと思ったが、伝えておこう。おちせは、借金のために妾奉公に出るようだ」

「………………」

「おちせはな。おぬしが一度でもいい、会いに来てくれたら、どこに行こうと、どんな苦労をしようとも、それをこころの糧にして生きられる、そうまで言っている」

「会えぬ……」

鉄之進は、喘《あえ》ぐように言った。

「そうか……会ってやれぬか」

無理は言えぬと平七郎は思った。

好いた女に落ちぶれた姿を見せたい男はいない。

「浪人になったからじゃない。会えぬのだ」

鉄之進はもう一度そう言うと、苦しげな顔を上げた。

その眼の色に、悲しいまでのおちせへの想いが揺れているのを、平七郎は見た。

「分かった。おちせ殿のことはもう言うまい。ただ、どうしておぬしの兄上は切腹されたのか話してくれぬか。おちせも、子細が分かれば自分を納得させることが出来る」

「……………」

「おちせの他には、他言はせぬぞ」

平七郎はじっと見た。

鉄之進は、しばらくの間逡巡《しゅんじゅん》していたようだったが、やがて決心したのか、険しい顔で平七郎を見詰めると、

「兄は、兄は耐え難い愚弄《ぐろう》を受けたのでござるよ」

鉄之進は震える声で、そう言った。

「誰に愚弄されたのだ」

「上役にです……」

鉄之進の話によれば、二年前、川崎のお大師様に参ってまもなく、父親の病状が悪化して、春になる前にこの世を去った。

そこで、かねてより跡目相続を届けていた兄の太一郎《たいちろう》が当主となったが、当主となってすぐ、大御番衆への話が来た。

ところがこの御番入りをするためには、まずもって『御番入り振舞』をするの

たが通例だと、上役になる人物から助言を受けた。

　そこで太一郎は、それまで父がいざという時のために蓄《たくわ》えて遺《のこ》してくれていた三十両余りを持ち出して、上役の組頭、同役四十六人を小料理屋に接待した。料理、酒はむろんのこと、土産《みやげ》の菓子まで用意しての接待だった。

　これで万事うまくいく。無役だった父の時代のことを考えれば、夢のような話だった。

　ところが、その時上役から言われたのは、出仕までの間に、上役同僚すべての者の屋敷に出向いて、改めて挨拶しなければならぬということだった。

　しかもその挨拶の折も、なにがしかの土産が必要だと聞き、太一郎は呆然《ぼうぜん》としたのであった。

　すでに父が遺してくれたなけなしの金は、使い果たした後だった。

　困り果てた太一郎は、同役になる一人に、どうしたものかと、恥を忍んで相談したのである。

　その同役の話によれば、太一郎が接待した小料理屋は府内では三流で、菓子もさして名の通った店ではなかったことから、上役も同僚もみな気分を害している。

　挨拶に回る時によほどの手当てをせねば、お役の話は無になるのではないかというのであった。

——そんな馬鹿な。

太一郎は憤りを覚えたが、それでも誠意を尽くせば分かってもらえる筈だと言い聞かせ、挨拶回りを始めた。

ところが、訪ねる屋敷には、申し合わせたように誰一人いない。

同じ屋敷に五回、十回と足を運ぶうちに、こたびの仕打ちは最初から仕組まれたものだと太一郎は気づいたのである。

腹に据えかねた太一郎は、上役の屋敷に単身乗り込んで行ったのである。

鉄之進は、そこまで話すと、息を継いだ。

声は震えていて、聞いている平七郎にまで怒りが伝わって来た。

「そこで何があったのか……兄は屋敷に帰ってきてまもなく、父の位牌の前で腹切って果てました」

「しかし、そのことだけで……兄上がそうまでされたのには、もっと深い子細がおありだったのでないのですか」

「兄は、私の犠牲になったのです」

「おぬしの……」

「上役というのが、九鬼縫之助」

「九鬼……縫之助」

平七郎は驚愕した。

殺されたおみつがつき合っていた男も、確か九鬼縫之助だったことを思い出したのである。

「まてまて、その九鬼とおぬしと……」

「九鬼は、二年前、川崎のお大師でおちせ殿に因縁をつけた男です」

あっと平七郎は鉄之進を見た。

「そういうことです。九鬼はあの時の屈辱を、兄に仕返ししたのですよ。私も後になって九鬼が上役だったと分かったのですが、何も知らない兄は、いじめられるだけいじめられて、しかも上役を侮辱して九鬼の屋敷で暴れたと見なされて、私が兄の切腹を届けようとしていたところに、お家断絶のお達しがありました」

「許せぬ話だ」

平七郎は口走った。正直な気持ちだった。

「平七郎殿。ただこの話、おちせ殿には……」

鉄之進は苦渋の眼で、きっと見た。

「これはいったい、どういうことだ」

平七郎は、深川の永代寺の門前町にある裏店に入った途端、息を呑んだ。

長屋の中ほどにある一軒の戸口に、長屋の連中が寄り集まって、泣いているではないか。

――あれは、もしやおちせの家では……。

もうかれこれ十日にもなるだろうか。永代橋を渡って深川に下り、一人で帰るからと遠慮するおちせを送って長屋の戸口まで送ってきたことがある。

その時、おちせが入っていった家が、今長屋の皆が集まっているあたりだったと、平七郎は思い出したのであった。

俄《にわか》に襲われる不安を押さえ、その家に近づくと、土間の中から年老いた男の泣き声が聞こえて来た。

「この家は？……おちせの家か」

長屋の女房に尋ねてみると、

「おちせちゃん、死んじゃったんですよ」

と言う。

「いつのことだ」

「今朝ですよ。永代橋の下で浮いていたんですって」

「何……」

「土左衛門船の爺さんが引き上げてくれたらしいんだけど、その時にはもう……」

女房は顔を覆った。

平七郎は、静かに土間に入った。

「ごめん。俺は北町の立花という者だが」

「立花様……」

おちせの遺体の前ですすり泣いていた初老の男が振り返った。

男は素早く涙を拭うと、長屋の者たちが引き揚げていくのを待って、平七郎に深々と頭を下げた。

貧しい暮らしをしているとはいえ、二年前までは深川に店を張り職人も抱えていた人である。長屋住まいの者にはない貫禄《かんろく》が見えた。

ただ、店は潰れ、年をとり、おまけに最愛の娘を亡くしたとあって、顔にも目の色にも、拭いようのない疲労が見えた。

平七郎は上に上がって、おちせに手を合わせた。

美しい顔だった。

濡《ぬ》れた髪は梳《と》きつけられてはいたが、平七郎はおちせの髪に、一枚の桜の花弁がへばりつくようにくっついているのを見たのである。

――そうか。気がつかぬ間に、桜は散り始めているのだな。

しみじみと思う。

平七郎は、おちせの髪にある桜の花弁を取ろうと伸ばした手をひっこめた。

花弁一枚、あの世へのはなむけだと思ったからだ。

父親に膝を向けると、父親は平七郎を待っていたように膝を改め、手を突いた。

「おちせの父徳《とく》右衛《え》門《もん》と申します。その節はおちせがお世話をおかけしましたようで、ありがとうございます。おちせから何もかも聞いておりました。おちせは、あなた様にお話ししたことで、少しは落ち着きを取り戻しておりました」

「それならばいったい、どうしてこんなことに」

「奉公が辛かったんではないかと存じます。ええ、そうでなくても店が潰れてから辛いことばかりでしたから。おちせには、苦労ばかりかけました。私が殺したようなものでございます。ただ、考えてみれば、おちせはこれで気の進まない妾奉公に行かずにすむのですから、これはこれで、よかったのではないかと……」

「親父殿……」

「葬儀が終われば、あなた様をお訪ねしようと思っておりました」

「俺を」

「はい。おちせは、あなた様に書き置きを遺しているのです」

徳右衛門は言い、懐から一通の封書を出すと、平七郎の膝前に置いた。

「実は俺も、おちせに聞きたいことがあって参ったのだが、親父殿は、九鬼縫之助をご存じかな」

平七郎は、懐に遺書をしまいこむと、徳右衛門に聞いた。

「お旗本ですね。拝領屋敷は市ケ谷にございますが、本所に別宅がございまして、私が深川に店を開いていた時には、市ケ谷にも別宅にも足袋を納めておりました」

「そうか、やはり見知っておったのか」

「ですが立花様。おちせが二年前にお大師様にお参りしました時に、足袋に針が入ってたなどと言われたことがあるようですが、そのような事実はございません」

「ふむ。しかし、親父殿の耳に苦情が届いてなかったというようなことはないのかな」

「それもございません」

　徳右衛門は立ち上がると、奥の部屋から足袋を手に戻って来て、

「立花様もご存じの通り、足袋は用途、形、生地などいろいろなものがございますが、仕上げまでの工程の中で、手を差し入れ、あるいは撫《な》でるようにして仕立てますから、縫《ぬ》い針が入っていればすぐに気がつきます。お届けする時にはさらに点検も致しますし、足袋に針が入っていたことなど一度もございません」

　徳右衛門は、足袋を愛しむように撫でながら説明した。

「そうか。では九鬼の話は、まったくの言いがかりだな」

「九鬼様は、以前おちせを側妻《そばめ》に欲しいと言ってきたことがございます。お話を持ってきたのは大黒屋《だいこく》さんでしたが……」

「大黒屋……何者だ」

「はい。両替商の大黒屋さんです。深川の店が焼けまして、おまけに火事場泥棒に遭いました時、大黒屋さんは店を再建したいのならお金を融通《ゆうずう》してもいいと言ってくれまして」

「それじゃあ、借金をした先というのは」

「大黒屋です。今思えば、悔やんでも悔やみ切れない話ですが」

「すると、おちせの奉公先は大黒屋だったのか」

「大黒屋にお任せすることになっておりました。どこに出されるのか分かりませんでした。しかし私も馬鹿なことを致しました」

徳右衛門は肩を落とした。その姿は、生気のない、まるで木像がうなだれているように見えた。

「徳右衛門」

「はい」

ふうっと徳右衛門は生気のない顔を上げた。

「お前は、けっして早まったことをしてはならぬぞ。最後まで生き抜くのだ。それがおちせへの供養になる。よいな」

平七郎は、厳しい口調で言って、外に出た。

五

「立花さん、親父橋の修理ですが、終わりましたよ」

本所の北森下町《きたもりしたちょう》の両替商『大黒屋』の店先を張り込んでいた平七郎の側に、平塚秀太が静かに近づいてきて耳元で告げた。

「そうか、すまんな。こたびは迷惑をかけた」

「そんなことはいいのですが、まずいんじゃないですか。こんなところでうろうろして、本所方与力に見つかったら、何を言われるか分かりませんよ」

本所方与力というのは、本所深川に関する諸般の事務を取り扱い、橋梁《きょうりょう》の普請《ふしん》を行い、鯨船という快速船二隻を持ち、船に乗って特に川筋を見回る与力のことである。

配下に同心二人と本所道役という下役がいたが、橋や川を見回るという点では定橋掛と同じであり、通常相手の支配地を侵すことはない。秀太はそれを危惧して言ったのである。

「いいんだ。別に本所深川の橋の点検をしている訳ではないんだからな」

「そりゃあそうですけど……まっ、いいか。今回は特別ですからね」

「何が特別なんだ」

「だって、いくら見ざる言わざる聞かざるって言ったって、永代橋に佇んでいた女のことで動いているんですからね」

「言い訳だな、それは」

「そんなことありませんよ。この私だって放ってはおけないって思ってたんですから……おちせは身投げしたんでしょ。可哀そうですよ」

「ほう、お前も橋の仕事以外に、心を悩ますことがあるのか」

「当然じゃないですか、生きた人間ですからね。だから、大黒屋がそうとうな悪だってこと、私だって調べてあるんですから」

「何……」

「教えてあげましょうか、立花さんが知りたいことを……九鬼と大黒屋は繋《つな》がっていますよ」

「秀太……」

驚いて見詰めると、秀太はふふんと鼻で笑って、

「実は、読売屋が訪ねてきたんですよ、一文字屋のおこうさん」

「今朝です。立花さんに伝えてほしいと言いまして。おみつのことは前に話した通りだけど、九鬼を調べていたら、大黒屋と繋がったって」

「そうか……おこうがな」

「おこうさんは、おちせのことも調べていました」

「ふむ」

「おちせの妾奉公の先ですが、どうやら九鬼の屋敷だったようです」

「まことか」

「おこうさんは大黒屋を脅したようです。不正の金利をとっているのをばらされたくなかったら白状しろと、白状しなければ筆の力で世間にばらすと……」

「そんなことを言ったのか」

「おこうさんは、そう言ってました」

「いかん。こうしてはおれん。秀太、すまぬが大黒屋を見張っていてくれ」

「いいですよ。もともと私は、捕り物をやりたいために同心になったんですから」

「よし、いいか。一歩も大黒屋を外に出すな。おこうに脅されたことを大黒屋が九鬼にしゃべったら、おこうが危ない」

「分かっています。出かけるようならしょっぴきます」

秀太は、白くてぶくぶくした腕を見せた。

そんな腕が、捕り物に役立つとは思えなかったが、平七郎は秀太に後を頼んで、自分は隅田川に出て、北に向かって走り、新大橋を渡って通油《とおりあぶら》町の一文字屋に足を向けた。

ただ黙々と走りながら、その脳裏には、おちせから貰った遺書の文面が頭を過《よぎ》った。

遺書によれば、おちせはやはり、市ケ谷の奥村の屋敷を訪ねていたのである。

そこでお家断絶の顚末《てんまつ》を聞いたおちせは、与茂八から奥村家を陥《おとしい》れたのが九鬼縫之助だと聞いて愕然としたのである。

九鬼は川崎のお大師さんで絡んできた男で、その男が大黒屋を通じておちせを妾に欲しいと言ってきていたことも、おちせはうすうす知っていた。

お大師さんでの出来事は、けっして偶然ではなかったのだ。

九鬼が偶然のように見せかけて因縁をつけ、おちせを凌辱《りょうじょく》しようとした所業は、前々から丹念に計画されたものだったのだ。

ところがお大師さんでは、鉄之進が現われて、おちせは救われた。

そのことを根に持った九鬼縫之助が、鉄之進の兄太一郎に目をつけて仕返しをしたというのが、一連の事件の顚末だった。

おちせがそれらに気づいた時、もう、事態は取り返しのつかないことになっていたのである。

奥村家の不幸は、私のせい――。

おちせは、遺書の最後を次のように結んでいた。


立花様。お分かり頂けますでしょうか。

この世で一番たいせつだと思っていた人を、不幸に陥れた私がとるべき道は、私のできる償《つぐな》いは、死をもってするしか他に方法がございません。

父はおそらく、私が妾奉公に行くのが辛くて、身投げしたと思うでしょうが、そうではございません。

私の死は、心からお慕いした鉄之進様へのお詫《わ》びのしるしです。

私にもし、九鬼に一矢報いる力があればそうしたでしょう。

でも私には、そんな力はございません。死をもって抗議するほか、方法がないのでございます。

どうか、父のことを宜《よろ》しくお願い致します。

心残りは、もっと早く、思い切って私の方から橋を渡って、鉄之進様をお訪ねすればよかったと思っています。


おちせは、鉄之進への想いを切々と綴《つづ》っていた。


「風がまた出てきましたね」

一文字屋の辰吉は、新橋の袂で腰を落としたまま、側に立つ平七郎を見上げて言った。

さすがにこの辺りも夜の四ツ（午後十時）を過ぎると、人の往来もまばらである。

じっと橋袂に立っていると、聞こえて来るのは、風の音と神田川の水の音ばかり、寂しいほどの静けさである。

平七郎が今立っている新橋も奉行所の管轄で、先月秀太と点検したばかりである。

川に沿って東西に抜けている道は広く、二人が張り込んで眼を凝《こ》らしているのは、その道の向こうに建っている料理屋『佐野屋《さのや》』だった。

佐野屋の主金右衛門《きんえもん》には、新橋の整備や監視を頼んであって、平七郎とは顔馴《な》染《じ》みであった。

勝手知ったる橋の袂だが、しかしここに張り込んですでに一刻《いっとき》（二時間）になる。

平七郎は辰吉の側に腰を下ろすと、前を見詰めたまま辰吉に聞いた。

「おこうが『佐野屋』にいるというのは、間違いないのだな」

「へい。おこうさんは九鬼を朝から追っていました。夕刻になって佐野屋に入ったと、使いの者をよこしています」

「そうか、それならばよい」

平七郎が新大橋を渡り、通油町の一文字屋に着いたのは夕刻だった。

丁度辰吉が出かけるところで、おこうの居場所を聞いたところ、これからそこに向かうのだという。

それでこの神田川の北側に広がる佐久間《さくま》町にやって来たのだが、おこうも、おこうが追っているという九鬼縫之助も、まだ佐野屋から出て来る気配はないのであった。

「俺は、九鬼に会ったことはないが、お前には分かるな」

「もちろんですよ。嫌な奴です。ただし、ヤットウはかなりのものだと聞いています」

「ほう……何流だ」

「天馬《てんま》流と聞いてますぜ」

「天馬流」

「道場は市ケ谷です。拝領屋敷の近くですよ」

「あの辺りは武家地ばかりだ。門弟も多いことだろう」

「いいえ」

辰吉はちらっと平七郎に視線を戻すと、手をひらひらと振って否定し、

「平七郎様は神田の北辰一刀流、それも師範代の腕の持ち主、市ケ谷辺りの、お役を貰うために形式的に武術を習う連中とは、ここが違いますからね」

辰吉は、自身の腕を叩いてみせた。

「辰吉……」

平七郎は苦笑する。

――剣は、立ち合ってみなければ、分からぬ。

それが平七郎の持論であった。

「平七郎様。ちょいと様子を見てきます」

辰吉が業を煮やして腰を上げげた時、佐野屋の玄関から、女中や仲居たちに送られて、恰幅《かっぷく》のよい武家が配下の者二人を従えて現われた。

思わず身を低くする平七郎は、じっと見据えて、

「あれか……」

辰吉の耳に囁《ささや》く。

男は大路に出て来ると、両脇下から手を着物に差し入れて、謡曲を口ずさみながら西に向いた。

「九鬼です」

辰吉が、緊張して言った。

月は半月、九鬼たちの姿は川べりの大路に、三つの長く黒い影をつくっていた。

――おこうだ。

まもなくだった。佐野屋の店の前に、すっと女の姿が現われたのである。

九鬼たちの姿を追うおこうだった。

九鬼たちは、おこうの尾行を知ってか知らずか、まっすぐ西に向かって歩いて行く。

どうやら拝領屋敷に帰るつもりのようだった。

「辰吉、いいか。九鬼は俺がカタをつける。お前はおこうを呼び止めて、九鬼を尾《つ》けるのをやめさせろ。それから北町奉行所に駆け込んで、一色弥一郎という与力を呼び出すのだ。小者にでも言いつけて、八丁堀の役宅に走ってもらうんだ。俺の名を出せ」

「こんな夜分によろしいんで」

「いい。嫌とは言わぬはずだ。よいな」

「へい。承知致しやした」

辰吉は言うが早いか、九鬼の後を追うおこうをそっと後ろから呼び止めて、物陰に誘い入れた。

平七郎はそれを見届けた後、静かに踏み出して九鬼の後を追った。

ところが、前を行く九鬼の一行が、和泉《いずみ》橋を過ぎて神田佐久間町のいっそう広い通りにさしかかった時、突然九鬼の前に黒い影が躍り出た。

――鉄之進。

平七郎は、柄頭を上げて走った。

だが、平七郎が走り寄るよりも一瞬早く、鉄之進が両手を広げて九鬼の前に立ちふさがった。

「誰だ」

九鬼は、揺れる足元を踏ん張って、黒い影を見て、

「ふん、奥村の小倅《せがれ》か。久し振りだな」

と冷ややかに笑ったのである。

「九鬼縫之助、兄の敵《かたき》、尋常に勝負しろ」

鉄之進が叫んだ。

「何が兄の敵だ……お前の兄は、人の道も知らぬ吝《しわ》ん坊だったのだぞ。さんざん注意を与えてやったのに、それも聞き入れず、上役のわしを罵倒した。暴れてわしの屋敷の家具什器《じゅうき》を壊したのだ。旗本とは思えぬ行状の悪さだったぞ、それでお家はお取り潰しになったのだ」

「兄は、果てている」

「勝手に切腹した。逆恨《さかうら》みだ」

「違う。おまえは最初から、奥村の家を取り潰すためにやったのだ。兄を御番衆

に入れたのも、結局いじめぬいて切腹させるつもりだったのだ。川崎のお大師での一件、あの時の屈辱を晴らすためにやったのだ」

「生意気な奴。兄弟揃って不作法なものだな」

九鬼は言いながら、引き連れている二人に交互に顔を振り向けてくっくっと笑った。

すると、両脇の若い武家も、追従《ついしょう》笑いをしてみせた。

「何がおかしい。だが笑うのも今のうちだな。そちらが抜かなければ、こっちが先に抜く」

鉄之進は腰を落とすと、柄に手をやって前を睨んだ。

「鉄之進殿。まだあるぞ」

平七郎が走り寄る。

「立花殿――」

驚いて見迎える鉄之進に、平七郎は言った。

「この男は、親父橋でおみつという娘を殺している。半月ほど前のことだ。それと、おちせを死に追いやったのも、この男だ」

「おちせ殿を……」

「そうだ。ずいぶん前から、その男は、おちせを側妻にしたいと考えていたらしい」

「誰だ、お前は――」

ゆらりと体を揺らして、九鬼が平七郎の方に顔を向けた。

「定橋掛、橋を見回っている同心だ。名は立花平七郎」

名乗った途端、九鬼はへらへらと笑ってみせると、

「役にも立たぬ無駄飯食いがいると話には聞いていたが、お前のことだったとはな」

「いや……もっと役に立たぬ者たちがいる。無駄飯どころか、ただ飯食いの悪い奴らがいると聞いていたが、そうか、それがお前たちのことだったか」

平七郎は、負けずに小馬鹿にするように笑って見せた。

「き、貴様、誰に向かって言っている。謝《あやま》れ、容赦はせぬぞ」

九鬼が狂ったように叫んだ。

だが平七郎は、耳を貸すどころか、懐から木槌を取り出し、腕をのばして、木槌の頭の照準を九鬼にぴたりと据えると、言い放った。

「お前は、おちせの父親におちせを妾に欲しいと申し入れたが断わられた。まず

そういう事情があってのお大師での因縁だったのだ。鉄之進殿の言う通り、鉄之進殿の兄者の御番入りの騒動も、ただ恨みを晴らすためのものだったのだ。すべて知れておる。おちせはな、そういったもろもろの不幸な出来事が自分のために起こったのだと知り、隅田川に身を投げた。鉄之進様に申しわけない、死んでお詫びするしか方法がないと言ってな」

「おちせ殿が……身投げを」

鉄之進は驚愕した顔で平七郎に聞いた後、きっと九鬼を見据えて言った。

「許せぬ」

抜刀して構えると、九鬼もその配下も、次々と刀を抜いた。

鞘《さや》走る不気味な音が、闇《やみ》を切る。

「助太刀を致す」

平七郎も抜いた。

その時だった。

九鬼がすいと後ろに下がったと同時に、若い二人の武家が、一人は鉄之進に、そうしてもう一人は平七郎に飛びかかって来た。

叩き合う剣の音が闇を打つ。

平七郎は、擦れ違いざま、相手の剣を跳ね上げて飛ばし、その刀で足を薙《な》いだ。

「ぎゃっ」

という短い叫び声がして、次の瞬間には、武家はそこに転がって足を抱えて気絶した。

——鉄之進は……。

ちらっと見やると、互いに交《まじ》わって走り抜けた後、再び構えに入って睨み合っていた。

平七郎は、僅《わず》かに体を滑らせると、九鬼に向いた。

「うっ……」

酔いもさすがに醒めたとみえ、九鬼は大慌《あわ》てで羽織を脱ぎ捨てると、履いている雪駄も脱ぎ捨てた。

「無礼者め、斬ってやる！」

九鬼は言い放つと刀を上段に構えてから、右肩に刀をぐいと引き寄せた。

そのまま、じっと睨み据える九鬼縫之助。

——体はでかいが、あの構えなら左には強くても、右端は死角になっている。

平七郎が九鬼の右に誘いをかけると、九鬼は素早く、一度右足を引いてやり過ごし、次の瞬間がむしゃらに、平七郎に飛びかかってきた。

「ふむ」

平七郎は飛びのくと見せてこれを躱《かわ》し、飛び上がって九鬼の頭上に刀を振り下ろした。

九鬼は、難なくそこに、音を立てて倒れたのである。

「立花殿」

もう一人の九鬼の配下の者を倒した鉄之進が駆け寄って来た。

「峰打ちだ」

平七郎が、刀を鞘にぱちりと納めたその刹那《せつな》、鉄之進が自身の刀を振り上げた。

「止めろ」

平七郎は鉄之進の胸元に飛び込んで、振り上げた鉄之進の腕をつかんだ。

「放してくれ。兄の敵を、おちせ殿の敵を討たせてくれ」

「裁きは法に任せるのだ」

「しかし」

「私恨で人を殺せば罪人となる。それより、この九鬼の悪行が明白になれば、おぬしの家の再興も叶うかもしれぬではないか」

「立花殿」

「そうしろ。もしもお家再興が叶ったならば、おちせも浮かばれる」

「………」

「後は俺に任せてくれ」

平七郎は、鉄之進にしっかりと頷いた。

「なんだが、寂しい光景ですね」

秀太がしみじみと言った。

平七郎と秀太は永代橋の中ほどに立ち、欄干に手を置いて隅田川の川上を望んでいる。

俄に吹いて来た春の風が、いっせいに桜の花を散らし、その花弁が、二人が立っている欄干にまで届きそうなほど舞い上がる。

花弁はまるで、狂ったように舞い、川面に落ちていくのであった。

おちせの切ない恋心が、桜の花弁に乗り移ったかのように見える。

「おちせも、奥村殿の家が再興となり、きっとほっとしたでしょうね」

秀太が呟く。

「うむ……」

「それに、父親の借金も、大黒屋と九鬼縫之助の結託が知れ、大黒屋も罰を受けたから、結局借金は棒引きとなっている」

秀太はまた呟く。

「うむ……」

「でも……おちせは、もういない。私は悲しいですよ、立花さん」

「うむ」

「でも、ちょっぴり見直したなあ」

「何を」

「立花さんですよ。私はあなたを誤解していたように思います」

「そうかな」

「私はあなたの下で、みっちり同心修行をすることに決めました。『黒鷹』と呼ばれて、綺麗どころにもてていたそうですね。源さんに聞きました。私もいつかそのような同心になりたいと思っているんです。そうだ……これから、平さんと呼んでもいいでしょうか」

「秀太」

「はい」

「平さんでも平の字でも好きに呼んでくれたらいいが、お前、少ししゃべり過ぎだぞ、静かにしろ」

平七郎は苦笑してみせると、散りゆく桜に、胸でそっと手を合わせた。

「桜散る」(『恋椿　橋廻り同心・平七郎控(一)』第一話)

別れ烏

一

「これは……いったい、何があったのですか」

桂千鶴《かつらちづる》は、牢格子の前で筵《むしろ》の上に寝かされている遺体を見て、浦島亀之助《うらしまかめのすけ》を振り返った。

遺体は若い町人で、目を剝《む》き、両手を空に上げ、五本の指を何か石ころでもつかみ取ろうとしたかのように引きつらせ、苦悶の様相を呈している。

「差し入れの寿司を食べた後すぐに痙攣《けいれん》を起こしまして、町役人たちがおたおたしている間に亡くなったようです」

亀之助は神妙な顔をして言うと、遺体の側にしゃがみ込んだ。

千鶴もすぐに筵の上に膝をつくと、遺体の口元の臭いを嗅ぎ、目の色を確かめて、硬直し始めた腕を腹の上におろし、瞼《まぶた》を閉じさせてから、亀之助に向いた。

「毒を盛られましたね」

「毒ですか……」

亀之助は悔しそうに膝を打った。

亀之助は南町奉行所の定中役《じょうなかやく》、確たるお役目があるわけではなく、他の部署が手が足りない時に臨時に補佐する同心で、役所内では通常当てにされていない人物である。

その亀之助が、久し振りにお手柄をたてた。ところが捕まえたその男が、突然大番屋の牢内で死んだのである。

しかも毒殺されたとあっては、その管理監督の責任が問われる。

亀之助は、途方にくれた顔で大きな溜め息をついた。

「浦島様、しょげてる場合じゃございませんでしょ」

「はい」

「初めから順を追ってお話し下さい」

千鶴は、目の前の情けない顔をした亀之助を、静かだが、きりりとした声で叱《しっ》咤《た》した。

千鶴は外科も本道《ほんどう》も習得している町医者である。

亡くなった父は桂東湖《とうこ》といい、医学館の教授も務めていた立派な医者で、父の死後はその跡を継ぎ、藍染川《あいぞめがわ》沿いに父が残してくれた屋敷で開業している。

しかも千鶴は長崎に留学してシーボルトに教えを乞い、江戸に戻ってからは、小伝馬町《こでんまちょう》の牢屋の女囚たちの診療も請け負っていて、今日のように事件で亡くなった者たちの検死もするという有能な医者であった。

そんじょそこいらのただの町医者ではない。

千鶴にしたところで、ただ毒殺ですねと、それだけで済ませるわけにはいかないのである。

特に常々千鶴を頼りにしている亀之助の立場を思うと、自身が発奮するほか事件の解決はなさそうに思えてくる。だから亀之助には、少々厳しい口調になる。

「実はですね。この者は千吉《せんきち》という錺《かざり》職人ですが、仲間と押し込みを働いた片割れでして」

「昨夜ですね、浦島様が捕まえたのは……猫八《ねこはち》さんはそのように言ってましたが……」

猫八とは、亀之助が手札を渡している岡っ引のことで、名を猫目の甚八《じんぱち》というのだが、旦那の亀之助にかわって猫の目のようにくるくるとよく働くところから、猫八と呼ばれている。

その猫八が、千鶴に耳打ちしたのは、この本材木町《ほんざいもくちょう》の三四《さんし》の番屋と呼ばれている大番屋に入ってすぐだった。

「猫八の言った通りです。昨夜四ツを回った頃だったでしょうか。北槇町《きたまきちょう》の油問屋『桑名屋《くわなや》』から賊が出てきたところを捕まえました。仲間はこの千吉を入れて三人でした。後の二人には逃げられまして、この千吉だけを槇町の番屋に入れておいたのですが、今朝になってこの大番屋に移したところでした」

「この者が千吉というのは間違いありませんね」

「はい。それは昨夜のうちに、千吉が住んでいた長屋の大家に首実検《くびじつけん》をさせております。間違いございません。ところが千吉は、自分のことについてはしゃべるのですが、仲間の名をどうしても言わない。それを言えば押上村《おしあげむら》にいる父親や姉が仲間に殺されるなどと言いまして……それでこの番屋に移されて来たのですが、七ツ（午後四時）過ぎだったでしょうか、二十四、五の女がやって来ました。名をおみつと名乗り、千吉の姉だと言いまして……その女が寿司折を持って来たんです」

「そのお寿司を食べて、痙攣を起こして亡くなったと……」

「そうです」

「その女の人は、確かに千吉の姉さんだったのですか」

「先程猫八を押上村にやりましたので、今夜にも姉を連れて来ることになるのでしょうが、おそらく、ここに寿司を持ってきたのは偽者だったのじゃないかと思われます。後から考えてみれば、千吉が捕まったことは押上村にはまだ知らせていなかった筈ですし、この大番屋で取り調べが始まる前に、早々に差し入れを持って来たというのも、随分と手回しのよい話ですからね」

「しかし、千吉さんは顔をみればわかったでしょうに……」

「それが、千吉には会わせてないのです」

「………」

「仲間を頑《がん》として教えないものですから、みせしめのために会わせなかったのです。もっとも、その姉という女も、せめてこの寿司を渡してくれればいい、なにもかも白状して欲しいなどと、もっともらしいことを言いましてね、すぐに帰って行きました。でもそれだって今考えるとおかしな話です。不覚でした」

「姉さんの名がおみつというのは、間違いないのですか」

「それは間違いありません。大家の人別帳にも、実家は押上村で、おみつという姉がいることまで書いてありましたから」

「すると、毒入り寿司を差し入れした者は、千吉さんのそういった身内のことまで、よく知っていたということですね」

「おそらく……多分押し込みの仲間でしょうな。いざという時のために、千吉のことを調べ上げた上で仲間に引きずり込んだものと思われます」

「それで……押し込みにあった桑名屋さんの被害ですが」

「二百五十両ばかり、店の金箱からとられたということです」

「その時、賊の顔を見た者はいなかったのでしょうか」

「頬かむりをしていましたからね。ただ、三人のうちの一人の腕に、蝶の彫り物があったというのですが」

「蝶の彫り物……」

「そうです。その彫り物をしていた男が頭目で、恐ろしい眼をしていて、手慣れた感じがしたと言っていました。しかし、この千吉ともう一人の男は押し込みは初めてだったようでして、匕首《あいくち》を持つ手が震えていたというのです。それで、店の者は大声を出したんです。三人はその声にびっくりして、金箱の金だけを袂《たもと》に入れ、慌てて逃げ出したのだと……で、店の外に出て来たところに、私と猫八が偶然行き合わせた、そういうことです」

「………」

「千鶴先生、ご協力をお願いしますよ、先生が頼りですから」

亀之助は縋《すが》るような声を出した。

「お役にたてるかどうか、いずれにしても食べた物を調べた上でのことですが……食べ残しのお寿司があれば、これへお持ち下さい」

「承知しました」

亀之助は大きく頷き、町役人に食べ残しの寿司を持って来るように言いつけた。

千鶴は、その折り箱を紙に包むと、夕闇の迫る三四の大番屋を出た。

心地好い風が襟元から忍び入る。

毒殺された無念の遺体の顔を見た後だけに、涼風は千鶴の気持ちを癒《いや》してくれるようだった。

日中は眩《まぶ》しい陽射しがまだ残っているものの、夕刻にはひんやりとした風が吹くようになった。

すぐそこまで来ている秋の気配を感じながら、千鶴は江戸橋《えどばし》を渡ると西の堀留《ほりどめ》沿いを北に向かい、道浄橋《どうじょうばし》を渡って大伝馬町《おおでんまちょう》の大通りに出た。

すると、大通りの軒行灯《のきあんどん》の明るい中を、踊り歩いて来る一行に会った。

横笛と鉦《かね》の音に合わせて二十人ばかりの娘たちが、揃いの浴衣《ゆかた》を着て花笠を被って無心に踊っているのだが、その浴衣にも笠にも『神光丹《じんこうたん》』という薬の名が見えた。

一行には数日前にも会ったことがあった。街々を踊って練り歩き、御府内に薬の宣伝をしているようだった。

はあー　神代のむかし　近江《おうみ》の琵琶湖《びわこ》に降る神の　降る神の
不老の光を授かった　神光丹はここにあり
気付け　気の鬱《うつ》　頭痛　血の道
霍乱《かくらん》に食あたり　吐き気　胆石　二日酔い
下り腹に鳥虫獣の毒にも効くよ
万年《まんねん》屋の神光丹
万年屋の神光丹

立ち止まって聞いてみると、宣伝の文言《もんごん》をうまく歌の中に取り入れている。

しかもその歌に合わせて踊る女たちは、いずれも美しい。

軒行灯の光を受けて、うっすらと顔や額に銀色の汗が見えるのも、濃い化粧で繕《つくろ》った目鼻立ちの艶やかさも、一層踊り子たちを美しく見せている。一行はどこからか不意に湧いてきたような一団だった。

宣伝のためであれ何であれ、こんな風に衆目を集めながら、無心に踊ることができる娘たちの若々しさを、ふと羨《うらや》ましく思う千鶴であった。

母と幼い頃に死に別れた千鶴は、母との思い出が、そうたくさんあるわけではない。

だが、少ない記憶の中に、ひとつだけ、晴れやかな記憶があった。

それは、千鶴が六歳前後ではなかったかと思えるのだが、新しい浴衣に赤い帯を締めて、母と手を繋いでどこかの祭りに行ったことがあった。

神社の境内《けいだい》だったと思うが、眩しいほどの光の中で、踊りに興じている人たちがいて、千鶴もほんの少しの間、その仲間に加わったことがある。

母に背を押されるようにして、思わず仲間に加わったものの、輪の中に入った途端、自分がたくさんの人の視線を浴びていることに気づいて、恥ずかしさに熱くなったが、それでも身振り手振りで踊ったことがある。

その時にみせた母の嬉しそうな顔、愛《いと》しそうな目の色で、千鶴を見詰めてくれていた母の姿を忘れたことはない。

母が亡くなったのは、その後だった。

あの時の晴れがましい光景は、母との最後の記憶となっている。

以後の千鶴の暮らしといえば、跡取り息子のいなかった父親の期待を一身に受けて、ひたすら勉学にいそしむ日々だった。

町の娘たちが、踊りだ三味線だとお稽古に通うなかで、千鶴だけは医者への道を余儀なくされていたのである。

それが不満というのではない。だからこそ、幼い頃のあのひとときは、何ものにも替え難い思い出として、千鶴の胸の中にあるのであった。

走馬灯《そうまとう》のように思い出された記憶をなぞりながら、千鶴は一行の踊りに引き込まれていった。

踊り子たちの最後尾には『万年屋、本町に開業』という幟《のぼり》を持った男が一人、そしてもう一人、店の案内の刷り物を配っている娘が一人、この二人は、どうやら万年屋の店の者のようだった。

御府内でのこのような宣伝は、近頃時々見かける風景である。

吉原《よしわら》に出向いて茶屋で派手に金を使い、遊女たちに店の宣伝をさせる大店《おおだな》の主《あるじ》もいるらしいが、素人《しろうと》娘をつかった踊り子たちのこのような宣伝は、往来の人たちにもすすがしく映るらしく、黒山の人だかりとなっている。

揃いの浴衣に染め抜いた神光丹という薬の名は、否が応でも人々の頭に刻みつけられるに違いなかった。

千鶴も、先程までの毒殺騒ぎから解放されて、一行が目の前を過ぎるまで見送ったが、

——一刻も早く家に帰って、寿司の中の毒を確かめなければ……。

我に返って気持ちを引き締め踏み出したその時、踊り子たちの間から悲鳴が聞こえた。

振り返ると、酔っ払った武士が二人、踊り子たちを追っかけ回していた。

「あっ」

武士に捕まりそうになった刷り物を配っていた娘が、蹴躓《けつまず》いて転倒した。

刷り物が一面に散らばった。

「お朝《あさ》さん」

幟を持っていた男が、転倒した娘を庇《かば》おうとして立ちはだかった。だが、

「退け！」

武士の一人が、娘を庇おうとした男を殴りつけた。

踊り子たちの悲鳴が上がる。

「待ちなさい」

千鶴が走り寄ろうとしたその時、

「ぎゃ」

武士二人が、続けざまにふっ飛んだ。

「恥を知りなされ！」

一喝《いっかつ》して武士二人を見据えているのは、菊池求馬《きくちきゅうま》だった。

求馬は旗本のお武家である。無役で二百石、暮らしを助けるために内職に薬屋の丸薬をつくっていると聞いている。

それに、千鶴が父とも仰いでいる父の友人酔楽《すいらく》とも親交があり、それがきっかけで、近頃では何かにつけて千鶴の良き協力者となっている。

「求馬様……」

千鶴が駆け寄った時、武家二人は求馬の気迫に恐れをなして、這《は》うようにして逃げて行った。

「しっかり、お朝さん」

踊り子たちは口々に叫ぶと、顔を歪《ゆが》めて足をさすっている転倒した娘を取り囲んだ。

「どうしました……」

千鶴は駆け寄ると、転倒した娘の足首を診《み》た。

「すぐに町駕籠《まちかご》を呼んできて下さい。わたくしの治療院まで運びましょう。手当てを致します」

覗き込んだ幟持ちの男に言った。


藍染橋袂の千鶴の治療院で、娘の足の手当てが行われたのはまもなくのことだった。

燭台《しょくだい》の灯に照らされた娘の足に、弟子のお道《みち》が手際良く白い晒《さら》しを巻き終わると、

「ありがとうございました。たいへんお手数をおかけ致しまして、申し訳ございません」

遅れて駆けつけて来た幟を持っていた男が、ほっとした顔で千鶴と側で見守っていた求馬に頭を下げた。

男の名は彦八《ひこはち》といい、近江にある万年屋の本店の手代《てだい》だった。

怪我をした娘の名はお朝といい、同じく万年屋本店の者だという。

二人は、笛吹きや鉦《かね》つきを引き連れて、本店から事触れ名披露目のために江戸にやってきたのだという。

踊り子たちは全て御府内の口入れ屋で集めた娘たちだということだった。

「筋も切れてはおりませんし、骨も折れてはおりません。突き飛ばされた拍子にくじいたようですね。数日安静にしておれば、痛みもとれて歩けるようになりますよ」

千鶴は、不安そうに足に巻いた晒しを擦《さす》っているお朝に言った。

「わたしたちは近江の本店から遣わされた者です。十日も先には近江に帰らなくてはなりません。それに、このお朝さんは、幼い頃に別れたおっかさんに会うために、旦那様にお願いして、特別に江戸行きのお許しを頂いて参った者です」

「おっかさんを……」

千鶴の胸が、ちくりと痛む。

「はい。それでですね、数日安静とおっしゃいましたが、外出や帰郷にさしさわりはございませんか」

彦八は、まるで兄のように心配して聞いてくる。

「そうですね、しばらくは少し痛みも残るでしょうが……おっかさんのお住まいはわかっているのですか」

千鶴は、お朝が行方《ゆくえ》のわからない母親を、この十日の間に、痛めた足で探し回るのは無理だと思った。

だがすかさず彦八が言った。

「人の噂では、『加賀《かが》屋』という呉服屋さんのおかみさんにおさまっているとのこと、そこまでわかっているのですが、この広いお江戸でそれだけの手がかりでは……そうですな、お朝さん」

彦八は尚、お朝に念を押す。

お朝は、こくりと頷いた。

「先生、加賀屋さんといえば、呉服町《ごふくちょう》にも大伝馬町にもありますが、どちらの加賀屋さんでしょうね」

塗り薬を片づけていたお道が側から聞いて来た。

お道は日本橋《にほんばし》にある呉服商『伊勢《いせ》屋』の娘である。医者になりたくて親を説得して千鶴の弟子になっている。だから呉服屋と聞いて格別の興味を持ったようである。

「おっかさんのお名前は」

千鶴がお朝に尋ねると、

「おきたといいます」

とお朝は言った。

「あら、加賀屋のおきたさんなら、呉服町のおかみさんですよ。何度か往診したことがあります」

千鶴は、ほほ笑んでみせた。

だがお朝の顔は、一瞬喜びをみせたものの、次第に頰は硬直していくように見えた。

母親に会いたいという思慕の他に、複雑な感情が動いているのを千鶴はお朝のその表情に読み取っていた。

千鶴が知っている加賀屋のおきたは、後妻に入った人だった。

おきたの亭主加賀屋儀兵衛が、元気で采配《さいはい》をふるっていた頃は、おきたもおかみさんとして店でも堂々と振る舞っていたが、先年儀兵衛が亡くなると、おきたの立場は一変したようだった。

店を先妻の息子夫婦に任せたのはいいが、往時のおきたのおかみ然とした姿は店からも母屋からも消え、おきたは今はご隠居さんで離れの部屋で暮らしている。

しかしそれは、店の商《あきな》いから手を引いた功労者として、誰もが敬うご隠居さんとしてではなく、息子夫婦や店の者たちにひたすら気がねをし、小さくなって暮らしている。住む部屋ばかりかその立場まで、片隅に追いやられてしまっていた。

おきたは今年の初めに一度、風邪をこじらせたというので、千鶴はお道と往診しているが、その時、おきたのまわりにある空気が様変わりして、冷え冷えとしているのに千鶴は気がついていた。

おきたは、もはや加賀屋では厄介者として扱われているのであった。

母の消息を知り、遠い近江の国からやって来て、期待と不安を募らせている目の前のお朝に向かって、そんな気の毒な事情を話してやることなど出来る筈がない。

――とはいえ、会えば全てを察するに違いない。

そう思うと、千鶴はもはや放ってはおけず、

「よろしければ、このお道さんに加賀屋さんまで案内させますよ」

つい口添えをした。

「ええ……でも」

お朝は言葉を濁すが、

「お朝さん、そうしてもらいなさい。突然訪ねて行っては、おっかさんもびっくりする。こちらのお道さんが一緒なら心強い。そうしなさい」

すかさず彦八が言った。

その時である。

「千鶴先生、駕籠が表に参っております」

女中のお竹《たけ》が廊下に跪《ひざまず》いた。

お竹は、千鶴が生まれた頃からこの家にいる女中である。何事も心得ていて、お朝を定宿まで送る駕籠を早々に呼んでいたのだ。

「先生、ありがとうございました」

お朝は丁寧に頭を下げると、お道とお竹に両脇から支えられて玄関に向かった。

「先生」

彦八はお朝の姿が診療室から消えるのを待って、千鶴に向いた。

「先生、是非、お道さんに一緒に行って頂ければと存じます。私はお朝さんを一人でやるのは心配で……実は私は、お朝さんとは、ゆくゆくは一緒になろうと約束した仲でございまして」

「まあ」

千鶴はほほ笑んで彦八を見た。

ずいぶんと熱心にお朝を労《いたわ》っていると思ったら、そういう事情だったのかと思ったのである。

「いえ、もちろん、私が番頭になったら、その時にということですが」

「それはおめでとうございます。でもそういうことなら、彦八さんがお朝さんと一緒に加賀屋さんに行かれる方がよろしいのではありませんか」

「それが、おっかさんに会いに行く時には、私一人で行きますと、お朝さんには釘を刺されておりますので」

「なぜかしら……何か彦八さんに知られたくない事情でもあるのですか」

「わかりません。わからないからこそ私は一人で訪ねるのを、なんとなく心配しているのです。何が心配なのか、うまく言えません。でも、なんとなくお朝さんを見ていて心配なのです。おっかさんに会ったことで、かえって母と娘が哀しい思いをするのじゃないかと……」

「彦八さん」

「ですからどうぞ、先生、どうぞよろしくお願いします」

彦八は頭を下げると、慌てて廊下に出て玄関に向かった。

「千鶴殿も人がいい」

見守っていた求馬が立ち上がった。

「求馬様だって……そうとうお人がよろしいのではございませんか」

千鶴はくすくす笑った。

「そうかな」

「はい。その、人のいいついでと言ってはなんですが、求馬様にお願いしたいことがあります」

千鶴は真っすぐな眼で求馬を見た。

二

「いやはや、失態もいいところです。猫八の話では、千吉の姉のおみつですが、大番屋に寿司を持って現れて姉だと名乗った女とは似ても似つかぬ人だったということでした」

亀之助は渋面《じゆうめん》をつくって、千鶴を、そして求馬を見た。

「そうだな、猫八」

　そして、側にくっついている猫八に念を押した。

「へい。千吉の実家はいわゆる小百姓で、けっして暮らしは楽ではないようでした。気候の暖かいうちは野菜や花をつくって仲買人に売り渡し、冬場は草鞋《わらじ》を編んで売る、そういう暮らしのようでした。そんなこともあって、千吉は物心つくと錺職の道を選んだようです。母親は何年か前に亡くなっていて、今は父親とおみつの二人暮らしだと言っていましたが、千吉が押し込みの仲間だなどと信じられないと驚いておりやした」

「それともう一つ、気になることを聞きました。押し込みに入られる前日に、被害にあった桑名屋に前触れの投げ文があったというのです」

「何、投げ文が……」

　求馬の目がきらりと光った。

「浦島殿、それには何と書いてあったのだ」

「いや、その話は定町廻りから聞きました。私は見てはおりません。ですが、聞いたところでは、女文字で、近々押し込みがあるようだから気をつけるように、と書いてあったようです」

「ふむ、妙な話だ」

「まさか、押し込みをする者たちがわざわざ予告してきたとも思えませんし」

「そんな馬鹿な、それはないだろう」

求馬がすぐに否定した。

「求馬様、押し込みの一件、一味の他に知っていた者がいた……そういうことではないでしょうか」

千鶴が求馬に相槌《あいづち》を打った。

すると亀之助が、負けじと二人の話に口を挟んだ。

「千鶴先生、するとその者は、押し込みの三人組は、誰と誰だということを知っている者ですね」

「それはこれからでしょうが、千吉さんの周囲を丹念に調べれば出てくるかもしれません」

「先生……」

千鶴の言葉に、俄《にわか》に亀之助の顔が紅潮してきた。亀之助は、今度こそ失態転じて福と成す覚悟らしく、

「そこでですが、千鶴先生、あの寿司の毒の特定は出来ましたか」

同心然として聞いてきた。

「断定は出来ませんが、やはり烏頭《うず》ではないかと思われます。それらしい小さな断片が出てきました」

「では、薬店を当たれば、毒を購入していった者が割り出せるかもしれませんね」

「いいえ、それは無理でしょうね」

「………」

「猛毒になる薬草は、簡単には手に入りません。お店も売らないと思います。第一お医者でさえ、烏頭そのものを買い求めることはあまりありません。烏頭を精製したものを附子《ぶし》といいますが、そちらを求めますからね、しかもきちんと名前を記入しなければ譲ってはもらえません」

「すると、あの寿司に入っていた毒は、誰がどうやって、手に入れたのでしょうか」

「薬草の効能を聞きかじったものが自身で採集してきたものかもしれません。お寿司に混入していたものは、粉にしきれなくて断片として残っていたのですからね。例えば薬店や医者が使っている薬研《やげん》で念入りに粉にすれば、あのような断片が残るわけがありません」

千鶴の言葉に、亀之助はまたがっくりと肩を落とした。

「浦島殿、力を落とすことはないぞ。俺も千吉の周辺を調べてみよう。おぬしは、桑名屋をもう少し当たってみることだ。何か新しい手がかりがあるかもしれぬぞ」

「菊池殿、かたじけない。恩にきます。そうと決まったら、おい猫八、行くぞ」

亀之助は、再び元気を取り戻して、そそくさと帰って行った。

「すみません、求馬様。どうやらまた、お力をお借りすることになりそうですね」

「なに、退屈しのぎにはちょうどいい。さてと、そうと決まったら」

求馬は笑みを浮かべると、刀をつかんで立ち上がった。

「旦那、千吉が近頃たびたびお参りしていたのは、このお稲荷《いなり》さんでございますよ」

大工の伝蔵《でんぞう》は、道案内の足を止めると、鳥居の下から境内を顎で差した。

「うむ……」

求馬は、境内の中を見渡した。

百坪は優にあろうかと思える境内には、樹木が茂り、稲荷の社《やしろ》はそれらの木々の陰の中にあった。見渡したかぎりどこにでもある稲荷社の風情《ふぜい》だが、境内に十数羽の鳩が群れているのが印象的だった。

伝蔵は、千吉が住んでいた平松町《ひらまつちょう》の裏店《うらだな》の住人である。

求馬が千吉の周辺を聞くために裏店を訪ねた時、隣家の戸が開いて、大工道具を担いで出てきたのが伝蔵だった。

そこでその伝蔵に千吉の暮らしぶりを聞いたところ、千吉は近頃酒は飲む、博《ばく》打《ち》はするで、大家からも真面目に働くように小言を言われていたらしい。

また、目の鋭い、一見して博打打ちとわかる人相のよくない男が千吉の家を訪ねて来たのを見たこともあったらしいが、それも一回こっきりだったということだった。

千吉の長屋での暮らしぶりからは、押し込みに繋がるような話は何も聞き出せなかったのである。

ただ、伝蔵は、千吉が仕事もせずに家に籠りっきりだったことが気になって注意を払って見ていたところ、殊勝にもたびたび稲荷に参るのを知って驚いたというのである。

そこで求馬は、伝蔵にその稲荷を案内してもらったのだが、いま求馬が立っているのは鹿児島《かごしま》稲荷という稲荷だった。

この稲荷は、日本橋通り南一丁目から西に入った稲荷新道《いなりじんみち》にあり、千吉の長屋からもそう遠くはない距離にある。

「ふむ……」

求馬は境内を見渡して考えた。

何もこんなところまでやって来なくても、千吉の住む町内にも稲荷はあった。聖天《しょうてん》稲荷がそれだが、そこに参らずに千吉はなぜ、この鹿児島稲荷までわざわざ足を運んで来ていたのか、求馬はここに来る道すがらずっと考えていた。

実際ここに立ってみて、なおさら求馬は疑問に思った。

鹿児島稲荷は、何かの御利益があるなどと評判のある稲荷ではなく、どこにでもある稲荷だったからである。

――ひょっとして、この稲荷が、押し込みの一件と関わりがあったのかもしれぬな。

求馬が腕を組んで、一帯を見るとはなしに見渡して考えにふけっていると、

「旦那、もうよござんすか」

伝蔵の声がした。

「あっしはこれからちょいと一軒、仕事にいかなくてはなりやせんので」

大工道具を肩の上でひとゆすりして言った。

「ああ、手間を取らせてすまなかった」

「とんでもねえです。千吉は押し込みを働いた男とはいえ、同じ長屋に住む仲間でした。もともと悪い人間じゃあなかったんですよ、千吉は。旦那、毒を盛った奴等をとっちめてやって下さいまし」

伝蔵は頭を下げると踵《きびす》を返した。

だがすぐに、思い出したように引き返して来た。

「旦那。いつもなら、ここの鳩に餌をやりにくるおかみさんがいるんですがね。おかみさんといったって、もう結構な歳なんですが、その人に聞けば千吉がこの稲荷でどんな様子だったのか、よくわかると思いますよ」

「そうか……で、そのおかみさんというのは、どこの人なのだ。この付近の人かな」

「ここを通るたんびに見かけましたから、この近所の人だと思うのですが」

「どこの誰かはわからぬか」

「へい。ただ、おかみさんと申しやしたが、六十は過ぎてまさ。もしかしたら、ご隠居さんかもしれやせん」

「そうか……ご隠居さんが鳩に餌をやりにな」

「それから、千吉が稲荷なんぞに手をあわせたくなったわけですがね、ひょっとして、女に袖にされたからじゃねえかと……」

「ほう、千吉に女がいたのか」

「いい仲の女が出来た、金をためて所帯を持つんだなんて、言っていたこともあったんですよ。それがいつの間にか沙汰《さた》消えになって、今考えたら、女の話を聞かなくなってから仕事もしなくなり、酒や博打に走ったような感じもするんです」

「どこの誰だね、その女は」

「佐内町《さないちょう》の飲み屋の女だと聞いてます。名は……すみません、忘れちまいました」

「店の名はわかるな」

「へい、『樽《たる》屋』という居酒屋です。女の話を聞いたのはもう半年も前のことですから、まだ樽屋にいるかどうかわかりやせんが、その女に聞けば、ひょっとして、千吉がどんな野郎とつき合っていたのかわかるかもしれません。じゃ、あっしはこれで……」

伝蔵はそう言うと急ぎ足で去って行った。

求馬は、伝蔵の背を見送ると、稲荷の境内に一人で入って行った。

ひとっこ一人いない境内に、十数羽の鳩が、人怖じもせず集まっている。

求馬が近くまで歩み寄ると一斉に飛び立つが、それも、空高く舞い上がるというのではなく、人の背の二倍も飛ばずにまた近くの場所に着地して群れるのであった。

――どこのおかみか知らぬが、ずいぶんとよく手なずけたものだ。

求馬は感心しながら鳩の群れの中を突っ切って、社《やしろ》の後ろに回って行った。

――おや……。

木立ちの奥に古い堂のあるのを見て、立ち止まった。

振り返って表の鳥居の方に目を遣ると、稲荷の社が邪魔になって鳥居は見えない。つまり古い堂は、表の鳥居からは死角になっているのだった。

――稲荷に参るとみせて、この裏手の堂に入れば、人の目にはつかぬな。

求馬は古い堂に歩み寄って戸に手を添えた。

すると、なんなく戸は開いた。

堂内に入ると、中ほどの一角だけが埃《ほこり》が取れていて、そこに人気《ひとけ》のあったのは明らかだった。

求馬はその痕跡を注意深く見下ろしながら、

――やはり最近だ、ここを使ったのは……。

険しい顔で見渡した。

三

「先生、こおろぎがもう鳴いているのですね」

お朝は、晒しを巻いていた足首をお道に任せたまま、こおろぎの鳴き声に耳を傾けているようだった。

こおろぎの声は、庭に茂る薬草の中から聞こえていた。

千鶴の治療院の裏庭では、こおろぎは夏の終わりから御府内の木々が赤く染まり、それが散り始める頃まで鳴いている。

むろん他の虫も鳴くのだが、こおろぎの声はひときわ、かまびすしい。

「きっとお朝さんのお国でも、鳴いていますよ」

千鶴は、お道の手当ての按配《あんばい》を見詰めながらお朝に言った。

「ええ……」

お朝は哀しげな声で相槌を打った。

――おやっ。

顔をお朝に向けると、お朝はその視線を、庭の一角に一群を成している日の陰りに注いでいた。

こおろぎの声がひときわ高いのはその辺りからなのだが、お朝は、ただ単に虫の声を懐かしんで聞き耳をたてている訳ではなく、何かをたぐりよせるような顔をしていたが、

「先生……母は、私と父を捨てたんですよ」

不意にお朝はぽつりと言った。

千鶴はどう答えていいかわからずに、お朝の横顔から視線を外した。

母親のいどころが知れた時に、お朝が示した複雑な表情、その謎が少しわかる思いだった。

　お朝はまた、つぶやくように言った。

「女房に捨てられた哀れな父が亡くなったその晩にも、こおろぎが鳴いていたんです」

「そう……お朝さんのお父さんは亡くなられたのですか」

「ええ……毎年こおろぎの声を聞くと、ああ、あの時もこおろぎが鳴いていたって思い出すんです」

「いつ亡くなったんですか、お父さん」

「もう三年になります」

「私は父を亡くして五年です」

「先生も……」

「ええ、まだ昨日のことのように思い出します。忘れることなんて出来ませんものね」

「忘れるなんて……そんなことしたら父がかわいそう……父の苦労を知っているのは私だけなんだから」

「お朝さん……」

「父は無口な人でした。ただ黙々と山に入って薬草を取ってきては、生薬屋《きぐすりや》にそれを売って、わたしを育ててくれたのですもの」

「まあ、あなたのお父さんは薬草を取っていたのですか」

「ええ……母が家を出て行きました頃まだ私は幼かったのですが、祖母が元気でした。だからその時は寂《さび》しさも少しは癒されましたが、祖母が亡くなると私は一人ぽっちでした。心細くて、寂しくて……だって父が薬草を取りに出かけると、何日も家には帰ってこなかったんです……」

お朝は、こおろぎの鳴き声に導かれるように語り始めた。

近江国草津《くさつ》でお朝は生まれている。

父は小百姓の家に生まれたが、暮らしが苦しいために若い頃に宿場の生薬屋に奉公に出た。

見よう見まねで薬草のことを勉強し、同じ店に奉公していたおきたと所帯を持つために薬草取りになったのである。

琵琶湖をめぐる近江の山々、特に比叡山《ひえいざん》の山中は薬草がたくさんあって、薬草取りの仕事は、一家の暮らしをしっかりと支えてくれたのである。

ところがお朝が生まれて、これからという時に、そう……お朝が五歳になった時だった。母のおきたが家を出て行った。

幼いお朝がその原因を知るべくもなかったが、父は母の失踪をつきつけられても、格別非難するでもなく、黙々として山に入った。

「お前はおっかさんに捨てられたんだからね」

そんな言葉と一緒に、母の素行の非を、繰り返し教えてくれたのは祖母だった。

父は山に入ると何日も帰ってこなかった。

祖母が元気なうちは寂しさも紛《まぎ》れたが、お朝が十歳の時、その祖母も亡くなると、父の留守中は一人ぽっちになった。

一人で御飯を炊いて一人で食べて、寺子屋に通い、夜は闇夜の恐ろしさに泣きながら眠る日が続いた。

待っていた父が帰って来た時には、お朝は父に飛びつくようにして出迎えた。

その時の父の体からは、汗の臭いと一緒に蒸れた草の香りが漂ってきたが、お朝はそのにおいを臭いとか汚いとか思ったことはない。

傷心をおし殺して、懸命に働く父の姿が目に見えるようで、自分はこの父のお陰で生きているということが、よくわかっていたのである。

ところがその父親が薬草を取りに行った崖の上から落ち、それが原因で床についたまま死んだのは、お朝が十五歳の時の秋の夕暮れだった。

父が伏せっていた部屋の前に見える庭の立ち枯れの草むらの中から、こおろぎの鳴き声が聞こえていた。

亡くなった父の顔を見下ろして、なすすべもなく呆然として座るお朝の耳に届いたのは、そのこおろぎの鳴き声だったのだ。

「先生」

お朝が、我に返ったように千鶴に呼びかけたのは、お道の手当てが終わり、白い足を着物の裾にひっこめた時だった。

「先生、その時そこには、父と私の他には誰もいませんでした……」

あんなに頑張った父の死を見送る人間が自分しかいないのかと思った時、お朝は切なかった。

父の一生が、可哀相だった。

父は、私のためだけに苦労をしていたのだとお朝は思った。

――おとっつあん、私を育ててくれてありがとう。私、おとっつあんの娘で幸せでした……。

父の顔に心の中で語りかけながら、お朝は遺体の側に座り続けていた。

「先生、こおろぎがね、泣いてくれたんです……この世で父の死を私と一緒に泣いてくれたのは、こおろぎだけだったのです」

お朝はそう言うと、濡れた瞳で、千鶴の顔を見た。

千鶴は黙って頷いた。

「大津《おおっ》の生薬屋の万年屋に奉公したのも、父の縁です」

とお朝は言った。

父は死んだとはいえ、娘のお朝の奉公先まで導いてくれたのだという感謝の気持ちが、お朝の声音には窺えた。

「お朝さん、わたくしも母も父も亡くしております。一人になった心許無《こころもとな》さはよくわかります。でもあなたには、お母さんがまだ元気でいらっしゃるではありませんか」

「母は私を捨てた人です」

お朝は、突き放すように言い、はっと気づいて取り繕うような顔をした。

「でも、母は母ではありませんか。離れていてもあなたのことを、きっと心配なさっていたと思いますよ」

「そうでしょうか、心のどこかに私のことがあったのなら、一度くらい、私に、たとえ肌着一枚でもよこしてくれるのではないでしょうか。それが母親というものではないでしょうか」

「何か事情があったのですよ」

「…………」

「彦八さんのことだって、知ればお母さんはきっと喜んで下さいます」

「先生、私、母には彦八さんのことは知られたくないのです」

「何故……」

「縁の切れた人に、関係ない話ですから」

「でも、お母さんに会いたくて、わざわざ江戸に来たのでしょう」

「…………」

お朝は口を閉じた。俯いた頬に、戸惑いと憤りのないまぜになったものが走り抜けたのを千鶴は見た。

「お朝さん、立ってみて下さい。痛みもずいぶんとれているのではないかと思うのですが」

お道が、話がとぎれるのを待って言った。

「さあ、私につかまって」

お道の言葉に促されて、お朝はお道の腕を借りながら、ゆっくりと立ち上がった。

翌日のこと、三日後には江戸を発つというお朝を連れて、千鶴は呉服町の加賀屋を訪ねた。

お道に案内させようと考えていたのだが、お朝の言葉のはしばしに、母への恨みがかいまみえ、会うのさえ逡巡《しゅんじゅん》しているようだったので、千鶴も黙って見過ごすことができなくなったのである。

昔は定期的に加賀屋を訪ねていた千鶴である。

おきたは、その当時から痛風《つうふう》の病を持っていて、それで千鶴は往診していたのだが、代がわりになってから、おきたは若夫婦に遠慮したのか、千鶴が定期的に往診をするのを断ってきた。

はたして、店を訪ねて応対に出てきた嫁のおすがに、おきたの様子が気になって立ち寄ったのだが、連れてきたこちらの娘さんは、おきたさんの別れた実の子だと告げると、怪訝《けげん》な顔をしていたおすがが、急に愛想をつくって、どうぞお義母《かあ》さんに会って下さいと言った。

意外にもすんなり会わせてくれたと、胸をなで下ろした瞬間、おすがの言った言葉を聞いて、千鶴は啞然《あぜん》としたのだった。

おすがは、二人をおきたの住まいになっている離れに案内しながら、

「娘さんがいるなんて、一度も、なんにもお義母さんは言わないのだもの、いるならいるといえば、この先、私も娘さんにお義母さんの面倒を頼めるのに……そうでございましょ、娘さんと暮らすのが、母親は一番幸せなんですから」

千鶴に同意を求めるように言ったのである。

その時、お朝は苦笑を返しただけだった。

ただ、嫁の言葉は母のおきたがこの家で、どんな立場にいるのかをはっきりと示していた。

「お義母さん、びっくりしないで下さいね。近江国から娘さんが、訪ねて来て下さいましたよ」

おすがはおきたの部屋に入ることもせずに、廊下でそう呼びかけると、

「ごゆっくり……今後のこともじっくりとご相談下さいませ」

思わせ振りな言葉を残して、母屋への廊下に引き返した。

「おまえが……お朝……」

おきたは、先程まで体を横にしていたらしく、ほつれた髪の毛を整えながら、

思いがけない人の出現に、言葉を呑んだ。

ただ、痛風が悪化しているようで、横座りして、足をしきりにさすっている。

「おきたさん、後で診察致しましょうね」

おきたに千鶴は言い、

「さあ、お朝さん……わたくしは、この廊下で待っていますから、存分にお話しして……」

千鶴はお朝の背中を押すように言い、自分は廊下の隅に端座した。

千鶴と部屋の中とは、障子戸一枚分が開け放たれていて、そこから部屋の様子は覗《うかが》える。

だが千鶴は、その空間をななめに見るように座ると、庭の日だまりに目を遣った。

視線の端に、お朝が部屋におそるおそる入って行くのが見えた。

「お朝……よく訪ねて来てくれましたね。さあ、もっと近くに来て顔をみせておくれ」

おきたは、お朝と別れて十五年も隔たっていた年月を、一気に飛び越えようとしているかのような声で言った。

その声音は、千鶴が以前から知っている、加賀屋のおかみとして店をきりもりしていた時の、心の行き届いた声だった。

「元気そうね……おっかさん、なによりじゃない」

お朝が言った。お朝の声は震えていた。

「お朝も……でもまあ、すっかり娘さんになって」

おきたは、感慨無量で声を詰まらせる。

「生きているうちに、まさかお朝に会えるなんて、おっかさんは嬉しい……」

おきたは言い、また声を詰まらせた。

「おっかさん、いい暮らしをしてきたのね……噂には聞いていたけど、こんなに立派なお店のおかみさんになっていたなんて」

お朝の声には、再会した嬉しさよりも羨望と恨みがこもっていた。

ことさらに感情を交えないような声音だったが、久し振りにあった娘としては冷たい声だった。

しかし、おきたはそれには答えず、

「お朝、あんたは、この江戸で暮らしているのかい……」

優しい声で聞いた。お朝に対する労りと申し訳ない気持ちの入り混じった遠慮を含んだ声だった。

「私？……私は大津の万年屋の本店から江戸店にひと月だけのお手伝いで来たんです」

「万年屋……じゃ、あんた、薬種屋に奉公しているんだね」

「ええ、今度この御府内でも、うちの神光丹を売り出すことになったんです」

「神光丹……」

「ああ、これ……よかったら、少しだけど……」

お朝は、おきたの前に、ついと神光丹の薬袋を置いた。

突き放すような置き方だった。

「いいのかい、貰っても」

「ええ、試してみたいっていうお方に、お渡ししているものですから」

特別に持ってきたものではないと言いたげな口振りだった。だがおきたは、

「ありがと……お朝が、薬種問屋に奉公なんて……」

しみじみと言い、両手で包むようにその薬袋を取った。

「三日後には江戸を発ちます。それで、一度会っておこうかなって思ったんです」

「そう……ありがとうね、お朝」

「だって、五歳の時に別れたままで、お互い顔も忘れるほど年月が過ぎているんだもの。自分の母親がどんな顔をして暮らしているのか、見ておきたかったんです」

「………」

「おっかさんは覚えているかしら、家を出た日のことを……」

「ええ」

おきたは、小さくて消え入りそうな声を出した。

「私ははっきり覚えています。あの日、おっかさんは風呂敷包みを抱えて飛び出すようにして出ていきましたね」

「………」

「おばあちゃんは家にいたけど、おとっつあんは山に入っていていなかった。そんな日に、おとっつあんのいない時に家を出るなんて……私は幼かったけど、これからどんなことになるのかわかっていたような気がするんです。だから私は、おとっつあんのかわりに引き止めなければ……そうしなければ、もう、おっかさんには会えなくなる、そんな切羽詰《せっぱつ》まった思いで、おっかさんの後を追っかけました。泣きながら……そうよ、声が嗄《か》れるほど泣きながら、追っかけました。でも、おっかさんは一度も私を振り向かなかった。そうでしょ」

お朝の声は、いつの間にか詰問する声にかわっていた。

「夕暮れて、村の外れの思案橋《しあんばし》で、私は蹴躓いて転んだけど、おっかさんは振り向いてもくれなかった……」

お朝は、話の順を追いながら、ひそかに母のおきたの表情を窺っているようだった。

ひとつひとつ、鋭い縫い針を刺しながら試していくように、母おきたの表情を見て話を進めた。

「橋の上に倒れたままで、私はおっかさんの姿が消えていくのを見送ったんです……そんなこと知らないでしょ、おっかさん……でもね、私には忘れられない、一生、あの時のことは忘れません」

「ごめんよ、お朝。悪いおっかさんで、本当にごめん」

「いいのよ、もう。過ぎたことだもの……言ってもしょうがないことだもの」

お朝は苦笑してみせた。

「おばあちゃんは元気なの……おとっつあんはどう……まだ薬草を取りに行って

るの」

　おきたは、矢継ぎ早に聞いた。

「二人とも亡くなりました」

「亡くなった……」

「それからずっと、私は一人で生きてきました」

「苦労したんだろうね、お朝……すまないねえ」

「でもこれですっきりしました。私もいずれ所帯を持つけど、おっかさんのことが気が気じゃなかったんだもの」

「誰かいい人がいるんだね、お朝」

「おっかさん、冷たいことを言うようだけど、私が所帯を持ったからって、おっかさんとは未来永劫《えいごう》一緒に住むなんてこと考えてはいませんから、承知しておいて下さいね、お願いします」

「わかっていますよ、誰がそんなことを考えるものですか……おっかさんはね、お前が幸せならそれで幸せなの」

「………」

「会いにきてくれただけで、本当に有り難いと思っているんだから、おっかさんの事は気にしないで、幸せになりなさい」

「………」

「私はここで死ぬつもりです。お嫁さんもとてもよくしてくれていますからね、私のことは忘れて……いいね」

おきたはそう言うと立ち上がり、足を引きずるようにして箪笥《たんす》から文箱を出してくると、布に包んだ物をお朝の前に置いた。

「持っていって頂戴。お前が所帯を持つ時のお祝いです」

「おっかさん、私、そんな無心をするために会いに来たんじゃありません」

「わかっていますよ、でもこれは、せめてものおっかさんの気持ちなんですから、受け取ってくれると嬉しいのよ」

「今更……いりませんよ。おっかさんにお祝いなんてしてほしくありません。会いには来ましたが、ずっと昔から関係ない人なんだから……そうでしょ」

「お朝……」

「じゃ、私はこれで……これが最初で最後だと思うけど、おっかさん、体に気をつけて……」

「………」

「さよなら、おっかさん」

お朝はそう言うと、部屋の外に走り出て、千鶴のいるのも忘れたかのように、足早に表に出て行った。

「お朝……」

おきたの嗚咽《おえつ》が聞こえてきた。

「おきたさん……」

千鶴は部屋に入ると、肩を震わせているおきたの側に静かに座った。

四

雨は、通り雨かと思ったが、八ツ（午後二時）頃から強い風をともなっていた。

桂治療院の患者も雨のためか夕刻近くにはその足も途絶え、屋敷内はしんとして、庭の樹木や薬草が風に揺れる音ばかりが耳についた。

「先生、どうしましょうか」

お道が、薬研を使っている千鶴の前に座って聞いた。

お道は、縁側に吹き込んで来る雨に気づいて、今日はもう雨戸も閉めて、治療院の仕事もこれまでにしたらどうかと聞いているのだった。

千鶴は、手を止めて顔を上げると、

「そうね、今日はもうお終いにしましょう。表の門も閉めてきて下さい。早めにお食事もすませて、お道さんは医書でもお読みなさい」

「はい」

「そうそう、この間お渡しした宇田川《うだがわ》先生の『和蘭薬鏡』はもう読みましたか」

「一通り読み終わりましたが、先生にお尋ねしたいことがあります」

「わかりました」

千鶴が頷くと、お道は立ち上がって玄関に向かった。

「まあ、求馬様」

玄関の方からお道の驚いた声が聞こえて来たと思ったら、廊下を大股に踏み締める足音がして、肩を濡らした求馬がやってきた。

「千鶴殿、少しわかってきましたぞ」

「本当ですか」

千鶴は調合室から診療室に出て来ると、

「お道ちゃん、求馬様に手ぬぐいを」

求馬の後ろから小走りしてきたお道に言った。

「大事ない」

求馬は、すばやく濡れた肩に懐紙を当てると、

「毒殺された千吉たちが、押し込みの相談をしていたと思われる場所が、ほぼわかった」

「まあ……」

「稲荷新道にある稲荷だ。鹿児島稲荷というのだが、何度もその境内にある古い堂の中で計画を練っていたふしがある」

「で、仲間の名は、わかったんですね」

「いや、それはまだだ。だが、談合する輩《やから》の顔を見ていた者がいた」

「誰です」

「千鶴殿は、呉服町の加賀屋をご存じか」

「加賀屋」

千鶴は驚いた。加賀屋といえば、おきたのいるあの店である。呉服町に加賀屋というのは、他の職種のお店を含めても、他にはなかった。

「加賀屋さんなら、よく存じています」

「ふむ。その加賀屋の隠居におきたという人がいる」

「おきたさんならわたくしの患者のひとり、そして、お朝さんの母親です」

「何……」

求馬は、鹿児島稲荷に毎日やってきて、残飯を鳩にやる老女の話をした。その老女こそ、おきただったのだ。

「では、おきたさんが犯人たちの顔を知っていると……」

「九分九厘そうだな」

「おきたさんにお聞きになったのではないのですか」

「聞いた。だが、どこまで知っているのか、口を濁して答えようとはしないんだ」

「………」

「若い男三人が、堂の中に集まっていたのは認めたのだが、顔を覚えていないし、名前など知らぬと」

「おかしな話ですね」

「俺が見たところ、誰かを庇っているのではないかと……」

「………」

「千鶴殿の患者の一人だというのなら、千鶴殿から直接聞いてみたらどうだろうか」

「そうですね」

千鶴は返事をしながら、いったいあのおきたは、誰を庇っているのかと、慌ただしくおきたの周辺にいる人物を思い描いてみたが、押し込みをする人間など、思い当たる筈もない。

ただ、長い間、呉服屋のおかみとして商いに携わってきたおきたのことだ。知人も多く、その知人の中に賊の一人がいたのかもしれない。

「三人組は……」

考え事をしている千鶴に、求馬が言った。

「一人は千吉、それははっきりしているわけだが、もう一人は千吉の長屋を訪ねてきたという、目の鋭いそれと察しのつく人相のよくない男だと考えていいだろう。そしてもう一人が、おきたが庇っている人物だということになる」

「ええ」

「人相のよくない男については、浦島殿が博打場を洗っているから、そちらの線から判明するに違いない」

「わかりました。こんなお天気の日に、お手数をおかけ致しました」

千鶴が言った時、お竹が小走りして廊下を渡って来て告げた。

「千鶴先生、加賀屋さんからお使いでございます」

「加賀屋さん……呉服町の……」

「はい。ご隠居さんのおきたさんが、毒を盛られたんじゃないかって」

「毒を」

「はい。食事の後で、激しく吐いたようですが、すぐに往診をお願いしたいと、町駕籠と一緒に手代のおひとが、玄関で待っております」

「まさか」

千鶴は不安な顔で求馬と見合って、

「承知しました、参ります」

お竹に告げ、

「お道っちゃん、往診の用意を」

慌ただしく言った。

「先生、毒ではなかったんですか」

加賀屋の嫁のおすがは、訝《いぶか》しい目で千鶴を見た。

おきたは嘔吐を繰り返した後、憔悴《しょうすい》して床についたが、命に別条はなかったのである。

「食中《しょくあた》りですね。吐いたことで大事には至りませんでしたが、いったい何を食べたんですか」

「私はてっきり、娘さんが義母さんに渡した、あのお薬のせいかと思っていたのです」

「神光丹は毒ではありません。何を食べましたか」

厳しく尋ねられて、おすがは躱《かわ》し切れなくなったと知ってか、突き放すように言ったのである。

「何を食べたかなんて、私は忙しくて知りませんよ。ご自分で何かよくない物を食べたんじゃないんですか」

ぷいと立ち上がると、離れの部屋を出て行った。

「酷いこと言うんですね、先生……ご隠居さんがかわいそう」

お道が千鶴に耳打ちするように小さな声で言い、おすがが去った廊下を見遣る。

「あの……」

後ろの敷居際で声がした。おきたに食事を運んでいる女中のお里《さと》だった。

「先生、ご隠居さんが食べた物ですが、ひょっとしてかまぼこが良くなかったのかもしれません」

「そのかまぼこ、残っていますか」

「いえ」

「他のみなさんも同じ物を食べたのですね」

「いいえ、ご隠居さんにさしあげたものは、昨日おかみさんたちが召し上がって残っていたものでした。古かったのです」

「夏の盛りは過ぎたとはいえ、今の季節が一番食中りしやすいのです。お年寄りにはよく注意してさしあげないと」

「ええ、でも」

お里は、俯いて言いよどんだが、顔を上げると、

「いつもなんです。ご隠居さんは昔のひとですから少々古くなったものでも大丈夫だって、だからお出しするようにって、おかみさんが……」

「まあ……」

「だからといって、ご隠居さんがお食事を残せば、次からはお菜の数を減らされ

ます。ずいぶんとおかみさんの機嫌を損《そこ》ねることになりますから、ご隠居さんも無理をしてでも召し上がるのです」

「…………」

「あたしがお世話していて申し訳ないのですが、おかみさんのおっしゃる通りにしないと、あたしも暇を出されます。ご隠居さんはそれも知ってて……本当にすみません」

お里は、前だれをひっつかむと、顔に当てて泣いた。

「お里……おまえのせいではありませんよ」

眠っていたと思っていたおきたが言った。

おきたは、弱々しい目を向けると、私がいやしいものだからこんなことになったんですと、お里を労るような目で見つめ、そして、その顔を千鶴に向けると、

「先生、ご足労頂きましてすみません。私も気分が悪くなった時に食中りではないかと思っておりました。お朝にもらった神光丹をすぐに呑めばこんなことにはならなかったと存じますが」

「そうですよ、おきたさん。わたくしの知るところでは、あのお薬には食中りに良く効くお薬が入っていますから、すぐに呑めばよろしかったのに」

「ほんとうに……でも、あれを呑むのは勿体《もったい》なくて。それで、辛抱してる間にこんな大騒動になってしまって」

「おきたさん……」

「私はね、先生。お朝にも会えましたから、もう、いつ、どうなってもいいって思っているんです。でも、人の命なんて、はかないようでもしぶといものでございますね」

おきたは苦笑した。

「そんなに簡単に死ぬるものですか、長生きをして下さい。まっ、これからは、よく吟味してお食事をとるようにして下さい」

千鶴は笑みを返したが、家の食事を吟味してとれとは、こんな哀しいことはない。

千鶴は痛ましく思いながら、

「それはそうと、おきたさんにお聞きしたいことがあります」

折から懸念していた話を、思い切って持ち出した。

千鶴は、菊池求馬というお武家が、さる押し込みの事件を調べていること、それには千鶴自身がかかわっている毒殺騒ぎもからんでいることを話し、大番屋の牢内で殺された千吉のためにも、おきたが、鹿児島稲荷で見たままを、正直に教えてほしいのだと頼んでみた。

だがおきたは、菊池様にお話しした以上のことは、私にはわからないのだと言い、口を噤《つぐ》んだ。

「おきたさん、誰かを庇っているのではありませんか」

「私が……」

おきたは、千鶴の言葉に一瞬だが動揺をみせた。だがおきたはすぐに表情を整えると、三人組は何度も稲荷で見かけたが、いずれの男も知らない人だったと繰り返した。

五

雨は嘘のように止んでいた。

治療院の庭には塵《ちり》一つない清浄な空気が漂い、そこに陽の光が射し込んで、庭の木や薬草に新しい命をふりそそぐかのように見えた。

昨日足留めをくった患者たちも、早々に医院の待合室に詰めかけて、千鶴は朝から休みなく診察をし、昼前になってようやく診療室を離れることが出来た。

往診も控えていたために、急いで昼食をとっていると、玄関で求馬の声がした。

「先生、少しお待ちいただきますね」

給仕をしていたお竹が腰を上げたが、

「いえ、わたくしが出ます」

千鶴は、箸を置いて玄関に出た。

求馬は、見知らぬ一人の女を連れていた。

「千鶴殿、この者はおとみというのだが、殺された千吉といい仲だった者で、三四の番屋に毒入りの寿司折を届けた者だ」

「あなたが……」

千鶴は、縞の着物をだらしなく着た、化粧の濃い女を見た。

女は袖の中に手を差し込んで腕を組み、玄関の柱に背を凭《もた》せていたが、千鶴と目が合うと、その背を柱から離して、ぺこんと千鶴に頭を下げた。

「ただし、この女、おとみは頼まれて寿司を届けた。毒が入っていたなどということは、露知らなかったということだ」

「そうなんですよ、先生……あたしはこの旦那の話を聞いてびっくりしちまいましたのさ」

おとみという女は、求馬のその言葉を待っていたかのように千鶴に言った。

「おとみは両国《りょうごく》の矢場の女だ。先程千吉といい仲だったと言ったが、それは樽屋という飲み屋にいたころの話で、矢場に鞍替えした頃から直次郎《なおじろう》という博打打ちと懇意になった。それでその直次郎から寿司を渡されて、千吉の姉になりすまして番屋まで届けたというのだ」

「するとその男も、押し込みの仲間ですね」

千鶴が驚いた顔で求馬を見返した。求馬はすかさず言った。

「腕に蝶の彫り物があるそうだ」

「………」

「俺が思うに、押し込みの頭目だな」

求馬はちらりと、おとみを見た。

「旦那、勘弁して下さいましな。あたしはなんにも知らなかったんですから。それが証拠に、あれ以来直さんには袖にされちまって、連絡も何もないんだから。嘘じゃないってこのお方に何度も誓ったのに信用してくれなくてさ、あげくに役人の手に渡すぞなんて脅かされて」

「おとみさん、直次郎って人は、どこにいるのです」

「さあ、博打場を渡り歩いているんだと思いますよ」

「あなたは、押し込みのことは本当に知らなかったのですね」

「押し込みかどうかは知りませんが、近々たくさん金が入るから、上方《かみがた》に行って暮らすか、なんて言ってたのは覚えていますよ」

「上方に……直次郎という人が、そんなことを言ったんですか」

「ええ」

「千鶴殿、驚く話がもう一つあるぞ。つるんでいた男のうち、もう一人は、なんと、加賀屋の嫁おすがの弟だったのだ」

「まあ」

千鶴は驚愕して求馬を見返した。

「このおとみの矢場に、直次郎がその弟を連れてやってきて、今度あいつと一緒に仕事をするんだと言ったというのだ」

「求馬様」

そういうことだったのか、加賀屋の隠居おきたが、三人組について固く口を閉ざした意味は、これだったのかと千鶴は謎がとける思いだった。

嫁のおすがに、他人の目もはばからず邪険《じやけん》な扱いを受けているのにもかかわらず、おきたは、懸命に夫から預かった店を守り、嫁のおすがやその弟も守ろうとしているのかもしれない。

千鶴は、おきたの食中りの騒動を昨日見てきたばかりであった。

おきたの心中を考えると、切なかった。

「先生……」

おとみは、だるそうに投げやりな声で言った。

「加賀屋のおかみさんの弟は宇之助《うのすけ》っていうんですが、京橋《きようばし》にある絵具屋『松《まつ》屋』の主です。ところが、母親が亡くなってから博打にのめりこみ、店は人の手に渡るとか渡らないとか、そこまでひどい状態になってしまったようなんですよ。そこで呉服町で立派な店を構えている姉さんに泣きついたらしいのね……ところがこの姉さんが言うのには、店の沽券《こけん》も商いの上での最後の決裁も、先代の遺言で姑のおきたというご隠居がすることになっている。あの姑が死なないかぎり、十両二十両の話ならともかく、大金をだまって弟に融通はできないって……だから悪いことに手を染めることになっちまったのではないかしらね。一方の千吉さんだって田舎の親父さんにお金を送ってやりたいなどと、それはずっと前から言ってましたからね、お金を欲しいひとが三人そろっちまったってわけですよ。それで直さんが音頭をとって……そういうことだと思いますよ」

「おとみさん、加賀屋のおすがさんですが、弟さんが押し込みをしたことを知ってるのかしら」

「まさか……宇之助さんもそんなこと言うわけありません。身内に押し込みの人間がいたなんて人に知れたら、商売なんてできませんよ、加賀屋だってどうなるか」

「求馬様、宇之助さんですが、切羽詰まって、おきたさんに危害を加えようなどとしないでしょうね」

「無いとはいえぬな。自分たちの秘密をおきたに知られていると知った時、その時は危ないな。それと、先程の押し込みで得た金だけでは、絵具屋の存続が難しいとなった時だ。なにしろ仲間の千吉でさえ平気で殺した連中だ」

「ええ……」

俄に千鶴の胸は不安に包まれていった。

おすがの弟宇之助の店はひっそりとして、奉公人の姿すら見えなかった。

　千鶴は薬箱を持ち、往診の行き帰りのようなふりをして、ゆっくりと店の前を通りながら、松屋はもはや、商いをできるような状態ではなくなっていると思った。

　閑古鳥《かんこどり》が鳴いているなどというような表現ではすまされない、寂れた廃屋の中を覗いたような感じがした。

「先生……千鶴先生」

　浦島の声が頭上から聞こえてきた。

　振り仰ぐと、松屋の真向かいにある小間物屋の二階から、亀之助が身を乗り出していた。

「浦島様……」

　浦島は、おいでおいでをして、すぐに体をひっこめた。

　千鶴は小間物屋に入り、出てきた主に断わりを入れ、二階に上がった。

　亀之助は、三畳ほどの小部屋で松屋を見張っているのだった。

　むろん求馬の助言を受けてのことで、猫八は押し込みの頭目直次郎を追って博打場を探索しているが、杳《よう》として直次郎の消息はつかめていないようである。

「千鶴先生、宇之助は昨日も今日も、ひきこもったままです。一歩も外に出てきません」

亀之助は、憔悴しきった顔で言った。

「訪ねてきた者は……」

「いませんね。店も御覧の通りです。猫八の調べでわかったのですが、宇之助は店の沽券を質に入れ、三百両借りています。返済の期限は十日を切っているようですから、そのうち、きっと動くと読んでるのですが」

「………」

「あっ、忘れるところでした」

亀之助は、はたと気づいたように、懐から一枚の紙切れを出した。

「押し込みにあった桑名屋に投げ込まれた警告文です」

千鶴は受けとるや、目を見開いた。

「これは……」

文は散らし書きの女文字で、

——近日押し込みあり　戸締まりにご用心を——

とあった。

「この文字、見覚えがあります」

「千鶴先生……誰です」

「加賀屋のご隠居さん、おきたさんですよ」

「まことですか」

「はい、ご隠居さんの文字は、りの文字の流し方、それに、みの字が他の文字より大きく書くのが癖なんです。長いおつき合いで何度か文を頂いたことがございますので、九分九厘、おきたさんの手によるものだと存じます」

「するとですね、やはりあの稲荷の境内で、鳩に餌をやりながら、千吉たちが謀《はかりごと》を重ねていた、その話の内容を聞いていたということか」

「おそらく……」

「しかし、それなら何故、直接町方に知らせないのだ」

「賊のうちの一人が宇之助さんとわかっていては、それも出来ず、これは私の想像ですが、桑名屋さんに知らせることで、押し込みに遭わせないようにという意図があったのではないでしょうか。宇之助さんに押し込みをしてほしくない、そういう願いを込めて投げ文をしたのだと思います」

「しかし、桑名屋は、これを誰かの悪戯《いたずら》だとタカを括《くく》っていたらしい。それにしても宇之助は馬鹿な男だな」

「しっ……」

千鶴は亀之助の言葉を遮ると、表を目顔で差した。

松屋から男が一人、それも痩せた青白い顔の男が、のそりと出てきた。

「宇之助……」

亀之助がすばやく、部屋を飛び出した。

千鶴も後に続いて部屋を出たが、

「うわっ」

叫び声が聞こえたと思ったら、階段を何かが転げ落ちる音がした。

「浦島様……」

階下を覗くと、階段下で亀之助が伸びて唸っているではないか。

千鶴は急いで階段をおりて駆け寄った。

「私はいい、た、頼む」

亀之助は伸びたままの姿勢で、顔を歪めて千鶴に言った。

千鶴は頷くと、店の外に走り出た。

ほんの少し亀之助に気をとられたせいで、千鶴は宇之助を見失っていた。

――向かう場所は一つ……。

千鶴は南伝馬町《みなみでんまちよう》の大通りに出た。往来する人たちをかきわけるようにして北に向かった。

はたして、宇之助の肩幅の狭い後ろ姿を、まもなくとらえた。

宇之助は、背を丸めて、人込みの中を前をわけるようにして歩いて行く。

だが、日本橋通りに入る角で一旦立ち止まった。

誰かを待っているようだった。腕を組んで周囲を注意深く見渡している。

まもなく、角の店の陰に人影が動いたと思ったら、目つきの鋭い男がふらりと姿を現した。

千鶴は直感した。

——直次郎……。

二人は頷き合うと、稲荷新道に入った。

千鶴は尾行しながら、次第に息苦しくなるのを感じていた。

やがて二人は鹿児島稲荷の鳥居をくぐった。

鳩が驚いたように飛び上がった。

その羽音の下で振り向いたのはおきただった。おきたは二人の出現に驚いて呆然として立ちあがった。

二人はおきたに、なぶるように近づいて行く。

「宇之助さん」

おきたの顔に恐怖が走る。

おきたの手から、鳩の餌がこぼれ落ちた。

「やっぱり、俺たちのことを知っていやがったな」

直次郎だった。

目に、おきたをいたぶるような色が宿っている。

「ここに来りゃあ会えると思ったぜ」

肩をゆすり上げるようにして笑った。その手には荒縄が握られている。

「何するんです。宇之助さん、馬鹿なことはやめなさい」

おきたが、かすれるような声で言った。

「あんたに生きていてもらっては困るんだ。あんたさえいなくなりゃあ、俺も遠慮なく加賀屋の金を使わせてもらえるっていうもんだ」

「馬鹿なことを……宇之助さん、今なら間に合う。罪を償《つぐな》ってやりなおしなさい」

おきたは宇之助に向かって言った。

「そ、そんな時間はない」

「宇之助、婆さんはおめえが殺《や》れ」

直次郎は、手にあった荒縄を宇之助の胸に投げた。

宇之助は縄を受けるが、

「わたしが……」

一瞬ひるんだ。

「そうだ。おめえの手でやりな。それで一人前だ」

「………」

「殺れ」

直次郎は匕首を出し、それを宇之助に向けた。

宇之助はそれで観念したようだった。

両手で縄をしごいてみせると、ゆっくりとおきたに近づいていく。その時だった。

「待て」

社から走り出て来たのは求馬だった。

「話はそこで聞かせて貰った」

求馬は、ちらと社に視線を走らせると、

「押し込みの動かぬ証拠をな。許せぬ」

求馬はおきたを庇って立った。

「だ、誰だ、お前は」

宇之助が身構える。

「菊池求馬という」

言いながら、ずいと出た。

「求馬様……」

千鶴が境内に駆け込んだ。

「千鶴殿、ご隠居を頼む」

求馬は言い、直次郎と宇之助を見据えると、

「押し込みに入り、仲間の千吉を毒殺したばかりか、顔を知られたと知り加賀屋のご隠居まで殺《あや》めようとしたその罪は重い」

更に二人に迫ろうとしたその時、

「野郎」

直次郎が匕首を片手に飛びかかって来た。

求馬は飛びのいてこれを躱し、転がっていた木の枝を拾った。二尺ほどの木の枝だった。まだ枯れてはいないのを確かめて、一回ぶんと振り回してみた。

そうするうちにも、直次郎は体勢を整えて、斬りかかってきた。右に左に、直次郎は執拗《しつよう》に飛び込んで来る。求馬が払いのけても、すぐに構え直して斬りかかってくる直次郎の俊敏さは、驚くほど腰が据わっていた。

闇の世界で危ない勝負を繰り返してきた、したたかなものが見えた。

「ぎゃ」

求馬の後ろで声がした。

千鶴の前に、腕を抱えて宇之助が蹲《うずくま》っていた。

千鶴は、手に小太刀を握っている。

「大事ないか」

求馬が直次郎を睨《にら》んだまま、目の端に千鶴をとらえて聞いた。

「ご心配なく」

千鶴はすばやく、宇之助の喉元に小太刀の先をつきつけていた。

千鶴は、半月《はんげつ》流小太刀を神田《かんだ》の浅岡《あさおか》道場で修めている。宇之助など相手ではなかった。

求馬はにやりと笑うと、突っ込んできた直次郎の体をひねりながら躱し、走り抜けようとしたその足元をけり飛ばし、足をかけた。

「あっ」

つんのめって均衡を崩したその手元をぐいとつかむと、もう一度足をかけて引きずり倒した。

すかさず求馬は、直次郎の腕を捩じ上げて、その匕首を奪い取った。

その腕に、彫り物の蝶が舞っていた。

「この蝶、押し込みに入った頭目のしるし……言い逃れは出来ぬぞ」

力まかせに直次郎の額を地面につけさせた時、蝶の羽は瞬く間に赤く染まった。

「千鶴先生……菊池殿」

猫八に抱えられて、よたよたしながら亀之助が境内に入ってきた。

「猫八、縄をうて」

求馬が言うより早く、猫八は主の亀之助を突き放して、捕り縄をつかむや直次郎に駆け寄ってきた。

「いてて、いてて」

　猫八に振り捨てられた亀之助が、倒れて悲鳴を上げながらも、してやったりと嬉しそうな視線を千鶴に送ってきた。千鶴は笑いを隠せなかった。


　千鶴は、庭に異様な羽ばたきを聞いた。

　いや、羽ばたきばかりではない、鳥の悲鳴のような鳴き声を聞いた。

　朝食を済ませて診療室に入ってすぐのことだった。

　千鶴は引き寄せられるように内縁から外を眺めた。

　鳥の気配は、庭に茂る木のこずえから聞こえていた。

「お竹さん、聞きましたか」

　お茶を運んできたお竹を振り返った。

「ああ、あれは先生、烏《からす》ですね」

「烏……」

　烏にしては、普段とは鳴き声が違ったと思った。切羽詰まったものがみられたし、だからといって威嚇《いかく》するような声ではなかった。

　哀切極まる悲しげな声だったのである。

お竹はしみじみと言った。

「今年は庭に烏が巣をつくっていたようですから、母子の別れをしているのでしようね。烏の子別れです。別れを惜しんで鳴いているんですよ」

「悲しげな声だこと」

「別れ烏っていうのだそうですよ」

「別れ烏……」

「ええ、人も烏も一緒なんですね、母子の情は……」

お竹は茶を置くと、台所に引き返して行った。

——別れ烏……。

千鶴の頭には、おきたとお朝のことがあった。

せっかく再会したのに、お朝はまだおきたを許してはいなかった。

またいつ会えるともしれない二人が、このまま別れていいものか、おきたはともかく、お朝は向後《こうご》悔やむときが来るのではないか、千鶴はそんな懸念を抱いている。

押し込み事件が解決した時、棚からぼた餅で、求馬のおかげで手柄を手に入れた亀之助一人が喜んだものの、加賀屋では一騒動あった。

　宇之助が押し込みの一味だったというのはむろんのことだが、おきたを殺そうとしたことで、嫁のおすがは、おきたにとっては先妻の息子になる夫の忠兵衛《ちゆうべえ》から離縁を申し渡されたのである。

　大店の主として、忠兵衛がとろうとした処置は、当然といえば当然のことだと思えた。

　義理の母とはいえ、おきたの命を奪おうとした男の姉を妻にしておくことは、世間的にも、また忠兵衛の心の中でも、さすがに出来なかったのである。

　しかしその時、忠兵衛を説得し、おすがをそのまま、加賀屋の嫁として置くようにと言ったのは、ほかならぬおきただった。

「宇之助さんは、唆《そそのか》されて仲間に加わったそうではありませんか。私がお役人から聞いた話では、直次郎という人は極刑になるだろうということでしたが、宇之助さんは命だけは助かるのではないかと聞いています。ここで姉のおすがまで不幸になっては、あまりにも姉弟《きようだい》が哀れです」

　おきたは息子夫婦を並べて、そう言ったのである。

「おっかさん……」

　おすがは、畳に突っぷして号泣した。

その時、千鶴は求馬と、おきたの様子をみるために加賀屋の離れを訪ねていて、すべてを見ている。

おすがは何度もおきたに詫びて、忠兵衛につき添われて部屋を出て行った。

その後ろ姿を見送って、おきたは深い吐息をついた。

おきたの眼は、近江の家を出てからの、長い歳月をなぞっているようだった。

「千鶴先生、私はね、事情はどうあれ、長い間近江に置いてきた娘に心の中で詫び続けて参りました。でも、ああして会うことが出来て、娘の怒りを聞いてやることができて、私はいま、少し救われた気がしています」

おきたはその時千鶴にそう言ったのである。

娘のお朝になじられるように言われても、それでもおきたにとっては救いだったというのである。

千鶴にはそのおきたの母心が哀れでならなかった。

庭のこずえから、また別れ烏の鳴き声が聞こえてきた。

その時だった。

「先生、千鶴先生……」

お朝が庭に現れたのである。

「お朝さん……江戸を発ったのではなかったのですか」

「はい。少し帰郷が延びたのです。でも、明日早朝出立します。それで先生にご挨拶をと存じまして、先生、ほんとうにいろいろとありがとうございました」

「足は大丈夫ですか、痛みはもうありませんか」

「はい。もうすっかり……この通りです」

お朝はすいすいと歩いてみせた。

「おきたさんには、お別れの挨拶をしましたか」

「いいえ、もう会うつもりはございません」

「おきたさんを許せないのですね」

「お朝さん、おきたさんがあなたを置いてお国を出られた事情を知ってますか」

「…………」

「いいえ、知る必要もないと思っています」

「捨てられたと、そう思っているのでしょ」

「…………」

「お朝さん、親が子を捨てるわけがないじゃありませんか。わたくしがお聞きした話によれば、おきたさんは、あなたのおばあさんに家を出ていくようにと、そう言われて、それで出たのだと言ってましたよ」

「まさか……」

「本当です」

おきたと姑とは、ことごとくうまくいかなかった。

最後には、おきたが食事をつくるたびに、姑は毒味をしろなどと迫るのであった。

そこまで拗《こじ》れてしまっては、同じ屋根の下には暮らせないと感じたおきたは、お朝を連れて家を出ようとしたのだが、一人で出ていくようにと膝を詰められ、おきたは泣く泣く一人で家を出る決心をしたのだというのであった。

「おきたさんはね、その後大津の旅籠《はたご》に奉公したらしいのですが、その旅籠に、毎年仕入れのために泊まっていた加賀屋さんに見初《みそ》められて、江戸にきたのだと言っていましたよ」

「………」

「国を出る時の切なさは、言葉では言いあらわせないと……」

「先生、私なら、どんな事情があっても、わが子を手放すようなことはしません」

「お朝さん」

千鶴は悲しい目で、お朝を見た。

お朝はもう、どんな話を聞こうとも、おきたにこれ以上、心を開くつもりはないと思われた。

「先生、急病人でございます」

お竹が廊下を小走りしてきて、千鶴に告げた。

「いま表に町駕籠でこられたのですが、一人では歩けないようです。加賀屋のご隠居さんです」

「おきたさんが……」

千鶴は、ちらっとお朝を見た。

お朝の顔が、瞬く間に強張っていく。

「お道っちゃん、手伝って頂戴」

千鶴は奥に向かって大声を上げた。するとその時、

「私が行きます」

お朝が玄関に走っていった。

千鶴と先を争うように履き物を履き、玄関から表門へ走り、

「おっかさん……」

駕籠の中から這い出るようにして出てきたおきたに言った。

「お朝……近江に帰ったんじゃなかったのかい」

「それより、どうしたのよ、歩けないなんて」

お朝は叱るように言いながら、おきたの体を抱え上げた。

「おきたさんは痛風なんですよ。年々足の痛みが強くなって歩くのがたいへんなんです」

千鶴が言った。

「しっかりしてよね、おっかさん」

お朝は、おきたの体を支えながら、ゆっくりと玄関に向かって行く。

——お朝さん……。

千鶴は、胸を熱くして見ていたが、ふと気づいて走り寄り、おきたのもう一方の肩を抱え上げた。

「先生、すみません」

おきたの声はふるえていた。


「別れ烏」(『雁渡し　藍染袴お匙帖(二)』第二話)

盗まれた亀

一

青柳新八郎《あおやぎしんぱちろう》は、その女を回向院《えこういん》の表門を入ってすぐの、藁裏弁財天《わらづと》の前で見失った。

新八郎が女の後ろ姿を両国の東詰めで人混みの中に見つけた時、まずその襟足《えりあし》のはかなげな表情にどきりとさせられた。

それに女が纏《まと》っている衣装には覚えがあった。

舛花《ますはな》色地に花びらを裾《すそ》に散らした友禅の小袖《こそで》、黒紅《くろべに》色の幅広の帯、細かい柄までは定かではないが、よく似た着物の立ち居姿を見たような記憶があった。

――しまった。

臍《ほぞ》を噛《か》む思いで、今入って来た表門を振り返り、そして本殿への参道に目を遣《や》った。

しかし、やはり女の姿はもうそこには無かった。

もはや夕暮れも近いと思われるのに、行き交《か》う人の群れは切れることもなく、女は、人の波と一緒に、どこかに移動して行ったようである。

新八郎は溜《た》め息をつくと、腰に手を置いて佇《たたず》んだ。

回向院は梅雨時《つゆ》まで京の龍源寺《りゅうげんじ》の観世音菩薩《かんぜおんぼさつ》の御開帳があるとかで、終日人々が押し寄せている。

この群衆の中に一人の女を捜し出すなど、敷地が五千坪にも及ぶ回向院では、所詮《しょせん》無理かと思われた。

諦《あきら》めて踵《きびす》を返そうとした新八郎の耳に、聞き覚えのあるガマの油売りの声が聞こえて来た。

すぐ近くの瓢簞《ひょうたん》池の傍《かたわ》らに人垣が出来ているが、どうやらそこからその声は聞こえているようだった。

ふっと人垣の後ろから覗《のぞ》いてみると、やはり先月浅草寺《せんそうじ》の境内《けいだい》で見たあのガマの油売りだった。

ガマの油売りは、新八郎と同じく浪人で、大道芸は糊口《ここう》を凌《しの》ぐためかと思われるが、竹籠《たけかご》の中で眠っている相棒のふてぶてしく太ったガマに比べると、いかにも骨々しい男だった。

小袖も袴《はかま》もよれよれだが、白い襷《たすき》をかけて発する声だけは野太かった。

新八郎が人垣から覗いた時、ちょうど男は木箱に上がって、片手に刀を引き抜いて掲げ、一方の手には白い半紙を靡《なび》かせて、口上《こうじょう》も佳境に入ったところだった。

「さあてお立ち会い……手前、ここに取り出しましたのは陣中膏《じんちゅうこう》は四六のガマだ。ガマといっても手前のガマは、常陸《ひたち》の霊山筑波《つくば》山で獲れたガマだ。四六、五六はどこでわかるか。前足が四本、後ろ足が六本、これを名付けて蟇蟬躁《ひきせんそう》は四六のガマだ……」

目の前に囲む野次馬の一人一人の顔をとらえて言うところは、なかなか堂に入ったものである。

男はさらに声を張り上げ、

「さあてお立ち会い……このガマが流した油汗、何に効くかといいますと、切痔《きれじ》、いぼ痔、切り傷すり傷、なんにでも効く。嘘《うそ》のような本当の話、さあお立ち会い……これからが大事なところだ。手前取り出したるこの名刀、ご存じ正宗《まさむね》、これで試してごらんに入れる。ここにありますこの半紙が、一枚が二枚、二枚が四枚、切って切って吹雪《ふぶき》のごとく切れるといっても、この油、手前の腕にちょいとつければ、正宗の名刀とはいえこの刀、腕の上で押しても引いても、叩《たた》いても切れぬ。さあてお立ち会い……」

男は片手に持った半紙を切り始めた。

すると、どうだろう。取り巻いていた野次馬たちは、水がひいていくように四方に散っていなくなった。

口上を聞くのは面白いが、ああもこうもなく、怪しげな薬などいらぬというところだろう。

浪人は、塩をかけられたなめくじのように肩を落として木箱の上に腰を据《す》え、暮れていく空を仰いで溜め息をついた。

同じ浪人とはいえその姿には、他人事《ひとごと》ではないような親近感を覚えながら、新八郎は御開帳の行われている観音堂の方に足を向けた。

――ひょっとして……。

諦めたつもりだったが、また一縷《いちる》の望みが頭をもたげる。

新八郎は、人の流れの中に入った。

流れのままに移動して、御開帳の観音様を拝んだが、背後から押されて身動きもままならず、拝顔などとは程遠かった。仏の威光も有り難みも一向に湧《わ》きそうにもない。ましてや人を捜すなどとても出来るものではないと、いよいよ諦めたのであった。

新八郎が、観音堂から引き上げて来ると、あのガマの油売りの姿はもうそこには無かった。

――見切りをつけて引き上げたか。

苦笑して見渡すと、境内の外れにある欅《けやき》の下に、あの油売りがいた。しかも油売りは、地回りらしき男たち三人に囲まれて、平身低頭しているではないか。

――やっ。

新八郎は気になって足早に近づいた。

その耳に、油売りの哀れっぽい声が聞こえてきた。

「それでは約束が違うではないか。親分は五十文で良いと言ったぞ」

すると、腰にだんびらを提《さ》げた兄貴分らしき男が、油売りの耳に顔を近づけて脅《おど》しをかけた。

「これだけの人出だ、稼ぎもそれに応じる筈《はず》だぜ、旦那《だんな》。人出の数で仕切りも違ってくる、そんなこたあ、子供でもわかるぜ。さっ、売上を出してもらおう」

「まっ、待て……見ての通り、今日の稼ぎは散々だったのだ。これ以上とられたら巾着《きんちゃく》は空っぽだ」

「駄目《だめ》だね、旦那。稼げるものを己の不細工《ぶさいく》で稼げなかっただけじゃねえか。いちいち同情してたんじゃあ、こちとら、示しがつかねえんだ」

兄貴格の男は、裾を尻《しり》までまくり上げた。するとすかさず、弟分らしき男が油売りの顔を覗いて、

「大体、あんな身の入れ方じゃあ客がつく筈がねえ。見てみろよ、このガマを……こんな生きの悪い、死にかけのようなガマの油を誰が買うもんか」

いきなり、竹籠で眠っているガマを蹴《け》り飛ばした。

「何をする、止めてくれ」

ガマを庇《かば》って、はいつくばった浪人の尻を、今度はもう一人の弟分が蹴った。

浪人は、ガマとともにひっくりかえった。

「ひゃ、ひゃ……」

三人は、面白そうに笑った。

「おのれ……」

浪人は立ち上がるが、

「どうせ刀も、切れもしねえなまくら刀だ。わっちらにたて突いたらどうなるか、教えてやらあ」

兄貴格は言うが早いか、だんびらを引き抜いた。揃《そろ》って弟分たちも、懐《ふところ》から

匕首《あいくち》を抜く。

「止《よ》せ……止めろ」

中腰になって、後ろに下がろうとする油売りに、

「うるせえ」

兄貴格の一撃が振り下ろされた。

「あっ……」

思わず受け止めた浪人の刀が、真っ二つに折れた。

「竹光《たけみつ》同然のおんぼろだぜ、正宗が聞いてあきれらあ」

兄貴格はにやりと笑うと、第二撃を力任せに振り下ろしてきた。

新八郎は飛び込むなり、その第二撃を鞘《さや》を持ち上げた鍔《つば》で受け、すかさず兄貴格の腕をつかんで、その刀を奪い取った。

「誰だ、手前《てめえ》は……しゃらくせえ」

飛びかかってきた弟分の匕首も、その刀で払い落とすと、もう一人の弟分の胸元に切っ先を突きつけた。

「これ以上の無理難題は、俺が許さぬ」

今度は青くなっている兄貴格をきっと見据えて、

「命だけは助けてやる。行け！」

だんびらをほうり投げた。

「ひ、引け」

兄貴格は慌ててだんびらを拾い上げると、弟分と共に門の外に走り去った。

「いやあ、誠にすまぬ。おぬしのお陰で助かった。まずは一献《いっこん》、ささ、遠慮しないでやってくれ」

ガマの油売りの男は、門前町にある飲み屋に入ると、卑屈《ひくつ》なほどの愛想笑《あいそわら》いを浮かべながら、新八郎の手に押しつけるように盃《さかずき》を持たせ、なみなみと酒を注《つ》いだ。

そうして自分の盃にも注ぎ入れると、

「いや、お恥ずかしい所を見られたが、訳《わけ》があって俺の刀は質に入れておる。この刀は質屋から借りたまがい物だ」

と悪びれもせず、折れた刀を指して笑った。

酒は好きだが、頭からそんな話を聞かされて、新八郎は口元までもって行っていた盃を止めた。

「遠慮しないでくれ。安酒を飲むくらいはある。いやいや、まずは俺の名を申そう。拙者《せっしゃ》は深川《ふかがわ》は海辺《うみべ》大工町《だいくちょう》の裏店《うらだな》に住んでいる八雲多聞《やくもたもん》と申す。で、おぬしの名は？……命の恩人のおぬしの名を聞きたい」

八雲多聞という男、よほどの能天気なのか、先程恐ろしい目に遭《あ》ったことなど忘れているようだ。

「ふむ……俺は青柳新八郎という」

「青柳新八郎か……いい名だ……で、どこに住んでいる」

「すぐ近くだ、元町《もとまち》だ。元町の裏店だ」

「そうか、おぬしも浪人でござったか。しかし、おぬしが浪人と知ってますます嬉しくなった。これからもよろしく頼む。浪人は相身互《あいみたが》いだ」

多聞は声を出して笑い、今度は急に真顔になって、自分には女房がいてガキが三人もいる。これが口を開けて待っておるからして、口入れ屋の仕事がない時には、ああしてガマの油を売っているのだと、泣き言とも愚痴《ぐち》ともつかぬ繰《く》り言《ごと》をいい、そう言いながら、新八郎などは喉《のど》につまりそうな安酒をぐいぐいと飲んだ。

「ふむ……」

——俺もこうして人を待つばかりでは、もはや食ってはいけぬな。

新八郎は米櫃《こめびつ》の底を撫《な》でるようにして僅《わず》かに残っている米粒を拾い集めると、両手で掬《すく》って鍋《なべ》に入れた。

江戸の、この浄瑠璃《じようるり》長屋と呼ばれる裏店に住まいして一年になる。

家の軒には『よろず相談承り』と書いた看板を出してはいるが、今までに転りこんできた話といえば、老婆《ろうば》を医者に送り迎えする仕事とか、逃げた犬探しなどで、大した金になる話は一つも無かった。

何とかせねばと思うものの、こればっかりは相手があることで、裏長屋の軒下に看板を上げただけでは、人の目に触れるのも限りがあるというものだろう。

——まっ、雑炊《ぞうすい》にはなるだろう。

しかしこれを食せば、あの回向院で会った浪人のように芸も出来ない自分には、日傭《ひやとい》の仕事でも受けるしかあるまい。溜め息をつき、鍋をつかんで立ち上がると、

「旦那、今日からあっしは、商売替えを致しやしたので……」

突然戸口の障子《しようじ》が開いたと思ったら、赤い頭巾《ずきん》に六寸（約一八センチ）ほどの唐辛子《とうがらし》を模した張り子を肩からぶらさげた男が顔を出した。

浄瑠璃長屋の住人で、一年前まではすっぽんの仙蔵《せんぞう》と呼ばれていた巾着切りだった男である。

「なんだお前のその格好は……」

思わず吹き出した新八郎に、

「へい、見ての通りの唐辛子売りで」

「はみがき売りはやめたのか」

「ちょいと変わった商いの方が面白いんじゃないかと思いやしてね。旦那のお陰で巾着切りを廃業したんでございやすから」

「しかし、はみがき売りの前はもぐさ売り、その前は蕎麦《そば》屋の出前持ち、もそっと落ち着ける商売があるんじゃないのか」

「旦那、あっしのことより、ご自分の心配をなすって下さいまし。それじゃあ」

仙蔵は、とんとんとんがらし……などと鼻歌を歌いながら出かけて行った。

――一昨夜の多聞といい仙蔵といい……。

新八郎は苦笑して土間に下りた。

その時である。

「ここだ、ここだ。おお、青柳殿、八雲多聞だ」

あのガマの油売りの八雲多聞の顔がぬっと現れた。

「おぬし、よくここがわかったな」

目を丸くして見迎えると、

「忘れたか、言ったであろう、浄瑠璃長屋に住んでいると」

「よく覚えていたな……」

新八郎は苦笑した。

「いや、そんなことより、おぬしに客を連れてきてやったぞ。この間の礼というわけではないが、俺が口入れの仕事を貰《もら》っている米沢町《よねざわ》の『大黒屋《だいこく》』で紹介して貰ったのだが、傭い主に話を聞いたところ少々俺には手に余る。そこでおぬしならばとその傭い主を案内してきたのだ……ちょっと待て」

多聞は後ろを振り返ると、むさ苦しいところだが入ってくれ、などと言い、大《おお》店《だな》の商人らしい男を招き入れた。

「呉服問屋の『紀《き》の屋』の主《あるじ》だ」

多聞が紹介すると、

「紀の屋総兵衛《そうべえ》と申します。突然お訪ねしまして申しわけございません」

膝《ひざ》に手を置いて頭を下げた。

「しかし八雲殿、その大黒屋とかいう口入れ屋に黙って俺がかわって仕事を受けては、まずいのではないか」

「大事ない。大黒屋には仲介料を払えば文句はあるまい。もっとも一度大黒屋に出向いて貰って、向こうの帳簿におぬしの名を届けて貰わねばならぬが、まずこの紀の屋の話を聞いてやってくれ」

「ふむ。大黒屋と話がつくのなら、こちらはそれでも構わんが」

つい先程まで日傭の仕事でもと考えていたことなどおくびにも出さず、一応勿《もっ》体《たい》をつけて返事をした。

「それならば、大黒屋さんには私が事を分けてお話しします。十分にお礼もさせて頂きますからご懸《け》念《ねん》なく。なにしろ手前どものお願いは、ヤットウの腕が立たなくては用を成しません。こちらの八雲様のお話では、青柳様はたいへんな腕をお持ちとお聞きしました。是非にも、お願いしたく存じます」

紀の屋総兵衛は、一刻を争うのだといわんばかりである。恰幅《かっぷく》はいいが、落ち着きがなく、頰《ほお》には陰が宿っていて、団子鼻もしなびて見えた。

「では、話を伺おうか」

新八郎は、夜具を枕屏《びょう》風《ぶ》の後ろに押し込むと、二人を部屋の中に招き入れ、膝を揃えて座った総兵衛に聞いた。

「もうお察しかと存じますが、用心棒をお願いしたいと存じます」

「ふむ……」

「お手当ては一日一分《ぶ》、しかも泊まりで食事付きでございます」

「悪い話ではあるまい、四日で一両だ。しかも仕事次第では、別の手当てを用意してくれているというのだ」

側《そば》から多聞が言った。

「して、何からご亭主を守ればよいのだ。誰かに狙《ねら》われてでもいるのか」

「いえ、私ではございません。おれんさんという巫女《みこ》占い師でございます」

「何……巫女占い師とな」

見返すと、また多聞が口を出した。

「おぬしも噂《うわさ》に聞いているのではないか。随分と当たるという評判で、近頃では客も順番待ちでたいへんらしい。しかも占いを頼むのは大身《たいしん》の武家や大店の主ばかり、見料も高いそうだが、一件占うのにも数日を要するという大仰《おおぎょう》な占いらしい」

するとと総兵衛が、その後を続けた。

「おれんさんは私どもの敷地内の離れに住んで頂いておりますが、数日前に故郷の紀州《きしゅう》から連れて参りました亀が盗まれまして……」

「亀……」

「はい、常々亀は離れの前の小さな池で飼っておりました。柵《さく》もしてありますから逃げられる筈がありません。盗まれたに相違ないのですが、実はその亀、おれんさんが占いの気力を頂いているものでございまして、亀がいなくなってからというもの、そりゃあもう、病身のように元気が無くなりまして……」

新八郎は話を聞いていて、いささか気が重くなった。

大金を巻き上げている占い師の話など、同情が湧くどころか反発心すら覚えるのである。

昔友人が易者の御託に惑《まど》わされて、自暴自棄になり酷《ひど》い目にあったことがある。それを思い出した。

それに、亀一匹盗まれたらしいというそんな話のどこに剣術が必要なのかと思ったのである。

不審な面持《おもも》ちで総兵衛を見返すと、

「亀を盗むだけでは足りず、今度は脅しの文《ふみ》を投げ入れたのでございます。文にはこう書いてございました『お前は世に仇《あだ》をなす者だ、死ね』と……」

「ほう……それは穏やかではないな」

「青柳殿、俺からも頼む。本来なら俺が用心棒を引き受けたいところだが、俺は紀の屋に終日へばりついているわけにはいかぬのだ。女房が風邪《かぜ》をこじらせて寝込んでいてな、そんなところへ占い師とはいえ若い女の用心棒を泊まり込みで引き受けるなどしては、女房に腕の一本、足の一本も折られかねぬ」

多聞は苦笑して頭を掻《か》くと、

「何、手に余れば昼間は代わってやってもいいぞ」

調子のいいことを言うが、要するに四六時中窮屈《きゆうくつ》な思いをするのは御免だということのようである。

「脅迫してきた輩《やから》の、見当はつかぬのか」

新八郎は、多聞に向けていた顔を総兵衛に向けた。

「わかりません。占いには不吉な相もあります。そんな時でもおれんさんは、けっして突き放したような物言いは致しません。きちんと善後策までお伝えする心配りをしてきております。おれんさんの占いで、逆恨《さかうら》みするようなお人はいない筈なんですが……」

「ふーむ」

「いかがでございましょう……おれんさんは、私にとっては恩のあるお人です。是非にもお願いしたく存じます」

総兵衛は、新八郎の顔を窺《うかが》うようにして膝を寄せた。

二

新八郎が総兵衛の後に従って日本橋元数寄屋町《にほんばしもとすきやちょう》にある紀の屋に入ったのは、半刻《はんとき》ほど後のことだった。

紀の屋は、敷地三百坪余もある大店で、賑《にぎ》わいをみせる店先から廊下《ろうか》を渡って奥に向かうと、白壁の蔵を垣根の向こうに配置した贅《ぜい》を尽くした庭があり、その庭に面して広い客間が二つ、その奥に小座敷があり、さらに廊下をくの字に渡した離れには広い座敷があった。

その離れ座敷の前には漆塗《うるしぬ》りの鋲《びょう》打ち駕籠《かご》がひっそりと据えられていた。滅多《めった》にお目にかかることもない格式高い女駕籠で、陸尺《ろくしゃく》や供の女中が縁側で休息していた。

「本日は西の丸の大奥から御使者の方が参られているのです」

と、総兵衛は小座敷の前の廊下から新八郎に、向こうの座敷を見て言った。

離れ座敷の障子は閉められていて、中の様子は窺い知ることは出来ないが、それでも離れ座敷の表はよく見える。

「お客様がお帰りになった後で、おれんさんにはご紹介します。こちらの小座敷があなた様のお住まいとなりますので、それまでごゆっくりとお寛《くつろ》ぎ下さい」

総兵衛は、小座敷の中に新八郎を案内した。

「承知した。総兵衛、何はともあれ、塀《へい》の周りをざっと調べておきたいのだが、いいかな」

「はい、ぞんぶんにお調べ下さいませ。それと、すぐにお茶は運ばせますが、何か必要な物があれば、女中に遠慮なく申しつけて下さいませ」

総兵衛はそう言い置くと、ほっとした顔で出て行った。

――ふむ。とにもかくにも、これでしばらくの食い扶持《ぶち》はなんとかなりそうだ。

新八郎は部屋の中を見渡した。

小座敷とはいえ、六畳はある。違い棚《だな》もあり床《とこ》の間もあった。そこには、青竹の筒に赤い椿《つばき》が一枝、投げ入れてある。

畳《たたみ》も青く、浄瑠璃長屋のあのむさ苦しい住まいに比べると、用心棒というより客人の気分であった。なにしろ青畳の上に座るなど、久方振りである。

——さて……。

と向こうの離れ座敷の表に視線を投げると、廊下に女中がお茶を運んで来た。

「お梅《うめ》と申します。青柳様の御用は私がお受けいたしますので、よろしくお願いします」

まだ十七、八かと思えるお梅という女中は、浅黒い顔に黒い瞳《ひとみ》をくりくりさせて手をついた。

だがその時、離れ座敷の障子が開いて、きらびやかな打掛を着た奥女中が、裾を捌《さば》いて縁側に出てきて立った。

奥女中の顔には、不満の色がありありと見えた。奥女中の後ろから急いで出てきた女が手をついて深々と頭を下げ、

「大変申しわけございません。改めてお出まし下さいますよう」

腰を折って見送っている。

「やっぱりおれんさん、亀がいないと占いは駄目みたい」

一連の様子を見ていたお梅が新八郎に言った。

「ふむ。あの人がおれんか」

新八郎の目は、半色《はしたいろ》の小袖の上に千早《ちはや》を着た、頭を下げているおれんという女の横顔をとらえていた。

細身の体で首は長く、廊下に跪《ひざまず》いた肩にも膝にも、どこか精気の抜けたようなはかなさが漂っていた。

おれんは、憤然として駕籠の人となった奥女中を見送ると、ふらふらと立ち上がって、転がり込むように部屋に入った。

「すみません、私、様子をみて参ります」

お梅は小走りして廊下を渡り、離れの部屋に飛び込んだ。

――女の部屋に突然俺が入って行くことも出来ぬな。

腕を組んで様子をみていると、お梅がまもなく小走りして戻って来た。

「大事はないのか」

「はい。占いを致しますと精根尽きるようでございます。横になってお休みになりました」

と言う。

「いつもそうなのか」

「はい。一つの占いをするのに三日ほど前から気をためなくてはならないようです」

「それには亀が必要だというのだな」

「はい。私にはよくはわかりませんが、亀の背中の照り映《ば》えで最後の決断を下すのだと聞いております。おれんさんを見ていると私、お気の毒な気がします」

お梅は顔を曇らせると、庭の一角にある亀を放っていたという小さな池に目を遣った。

主を失ったその池は、浮いた水藻《みずも》が動くこともなく、澱《よど》んでうつろな表情を見せていた。


「総兵衛、俺が調べたところでは、店先は別にして、屋敷の裏庭に忍び込もうとすれば、勝手口に通じる木戸門、蔵に品物を搬入する左手の塀の門、そうしてもう一つは、おれんの離れに通じる裏木戸と三つある。しかし、いずれも店を閉めると同時に勝手口の方は賄《まかな》いの女中が閉め、蔵の方と離れの方は手代《てだい》の佐吉《さきち》という者が閉めていると聞いた。離れの前の池に飼っていた亀を盗み出そうと思えば、いずれかの出入り口を利用していると考えねばなるまいが、亀の大きさはどれ程のものだったのだ」

新八郎は、総兵衛が注ぐ酒を盃に受けながら、燭台《しょくだい》の火に揺れる総兵衛の顔を見返した。

総兵衛は店を終《しま》うと、自ら新八郎の部屋に足を運んで来て、今夜は御膳《ごぜん》をご一緒させて下さいといってきたのだ。

二人の前には、総兵衛が運ばせた膳がある。

料理は向付《むこうづけ》がイカの細造《ほそづくり》にワサビ、焼き物はカレイの一夜干し、煮物は引上湯葉《ゆば》と若竹に山椒《さんしょう》の葉が添えてあった。

新八郎などは、滅多にお目にかかれぬ馳走《ちそう》であった。

総兵衛は、自身の盃にも酒を注ぐと、

「亀は、そうですな……背中の幅は一尺はあったと思います」

思い出す顔で言った。

「すると、懐に入れて塀を飛び越えるのは、難しいかもしれぬな」

「はい、結構な重さがございましたから……なにしろ、紀州くんだりから運んできたものですから、一年や二年飼育して大きくなったというものではございません。おれんさんが生まれた時から側にいた亀で、以来ずっと大切に飼ってきたものでございますから、かれこれ二十五年も一緒にいたのです」

総兵衛はそう言うと、

「いや、あなた様には、なぜ、私がおれんさんを江戸にお連れしてお世話しようと思ったのか、おれんさんとはどういう生い立ちの人なのか、ご参考のためにお話ししておきたいと存じまして……」

盃の酒を一口飲むと、膳の上に置いて新八郎の顔を見た。

両手を膝に戻した総兵衛は、紀の屋は五年前までは、富沢町《とみざわ》で間口十間《けん》（約一八メートル）ほどの小売りの店を営んでいたのだと言った。

富沢町の周りには古着屋は多いが、呉服を扱う店がなく、うまい具合に客に恵まれ、千両ためたところで、卸《おろし》の仲間入りを果たせることとなった。

そこで総兵衛は、間口の広い、繁華な所に店を持とうと考えた。

出来れば日本橋から神田に抜ける大通りのいずこかに店を構えたいと考えて、いくつかの候補地をしかるべき人に挙げてもらったのだが、これといって決め兼ねていた。

そんな折、自分が出てきた故郷の紀州の海近くの村に、たいそう占いが良く当たるという評判の神懸かりの娘がいることを知った。

そこで総兵衛は、番頭の儀助《ぎすけ》を伴い、久し振りに故郷の土を踏んだ。

儀助を連れて行ったのは、噂の娘のことだけではなく、新しい使用人を探して江戸に連れて帰るという仕事もあったのである。

江戸にある大店のほとんどは、故郷に使用人を求めていた。

店を任せるには信用が第一である。他国の者より故郷が同じ者を傭うのは、商人の常だった。

紀州に入るとすぐに、番頭を人宿に行かせ、自分は評判の娘を訪ねていった。

それがおれんだったのである。

総兵衛はおれんというその娘に、新しい店を開くに当たって、どの方角が吉なのかを聞いたのである。

「その時、おれんさんは、西南に求めれば店はきっと繁盛すると言ったのです。考えてもみなかったことでした」

総兵衛はいったん宿に帰って思案した。

――評判の娘とはいえ、会った限りではどこにでもいる普通の娘としか思えなかった。あの娘の言うことを信用してよいものか。

なにしろ、それまでに候補地としてあがっていた所は、どの商人も欲しがる立地の良いところである。

おれんがいう方角は、少々繁華なところとは距離があった。

煩悶《はんもん》していると、宿の女将《おかみ》が、

「おれんさんのいう通りにしなさった方がよろしいと存じますよし」

などと総兵衛の迷いを笑った。

その女将の話によれば、おれんは村外れの沼に捨てられていた赤子だったというのである。

その赤子の傍らには守り神のように一匹の亀が寄り添っていた。

おれんを拾った村の神社の神主《かんぬし》は、赤子の側にいる亀を見て、これは瑞兆《ずいちょう》だ。この子は生まれながらにして神に守られている子に違いないと、その子を育てることにしたというのだ。

はたして、その神主の思いは、おれんが五歳の頃に早くも現れた。

おれんは山に山菜採《と》りに行き、行方《ゆくえ》の知れなくなった村の老人の居場所を言い当て、次に庄屋の女房が落とした財布《さいふ》の在りかも言い当てた。

さらにある年のこと、地震に襲われた時、おれんは岬《みさき》に立って大波が来ると叫んだという。これを聞いた海岸沿いの村人が、飼っていた犬や猫や家ねずみが山に逃げるのを見て、おれんの言葉を信じて高台に登り、すんでのところで、大津波に呑《の》み込まれるのを免《まぬが》れたという出来事があった。

おれんが年端《としは》もいかぬまだ十歳の頃の話だが、それ以来、おれんは何かあるごとに村人に乞《こ》われて占いを行ってきたというのであった。

「嘘は申しません。私の言うことを信じていただいて……」

女将はそう言うと、総兵衛におれんが占ったその場所に店を開くよう勧めたのである。

総兵衛はそこまで話すと、新八郎と自分の盃に酒を注いで、話を継いだ。

「それで、こちらに店を構えることにしたのでございますよ。実際、初手《はな》から考えていた場所なら、このような店の広さは無理でございました。しかし、ここならば御覧のように店先も広く構えることができたのです。結果は一年で出たのでございます。考えていた以上に繁盛致しまして、私はもう一度紀州に参りまして、神主を説得し、おれんさんをお連れしたのでございます。いえ、決して、占いをさせてどうのこうのという気はございませんでした。おれんさんは捨て子でした。ですからこの江戸で楽しく暮らして頂いて、なんなら嫁《よめ》入り支度《じたく》もしてさしあげてと、私もいろいろと考えていたのでございます。ですが、噂とは恐ろしいものです。こちらに参りまして一年も経《た》たないうちに占って欲しいなどというお人が現れまして、結局、評判が評判を呼んで、とうとうこのような有様になったのでございます」

「ふーむ。しかし総兵衛、一人も、ただの一人もおれんの占いに不服をもたなかったとは信じられぬが……占いは当たるも八卦《はっけ》当たらぬも八卦というではないか」

「さあ……私は占いの行方を全部確かめたわけではございませんので、そう念を押されますと……」

総兵衛は不安な顔を、新八郎に向けてきた。

「まっ、それは明日、おれんに会って一つ一つ確かめてみるが、二度と屋敷に人の入らぬよう、店の者にも戸締まりに注意するように言いつけてくれ」

「承知しました」

総兵衛はそう言うと、懐から半紙に書かれた脅迫の文を出し、新八郎の膝前に置いた。

「青柳様に持って頂いていた方がよろしいかと存じますので……」

三

「ややあ、これはこれは……用心棒も板についたではないか」

八雲多聞は、三日も経たぬ夜五ツ（午後八時）過ぎに紀の屋の小座敷に現れた。

「ちと、気になってな……ふむ、それにしても結構なことだ。待遇は相当よさそうではないか」

部屋に入って来るなり、じろじろ辺りを眺《なが》めたあげく、

「晩酌《ばんしやく》は出るのか」

新八郎の耳元に囁《ささや》いた。

「いや、俺のほうが断っている。夜も油断がならぬゆえ……」

「ということになると、俺の方が楽しみはあったな」

多聞はにやりとして、燭台の側に胡座《あぐら》をかいた。

「何をしていたのだ。ガマの油売りでもなかろう」

「まさか……もうあれは止めた。ここ二日は湯屋の番台に座っていた」

「何……」

「まあいいではないか。湯屋の亭主が箱根《はこね》に湯治にいったのでな。用心棒をかねて番台も見ていたという訳だ。ところがこれがまた……」

多聞はくすくす笑って、

「目の保養というか毒というか……しかし手当ては良かったが二日で首になった。それでこちらの様子を見に参ったのだ……いや、おぬしも一人では気の休まる暇もなかろうと思ったままでだ。なんなら昼間は俺が見張ってもいいぞ。お前は長屋に帰って昼寝をすればいい」

「有り難いが、しかしそれでは紀の屋がどう言うか」

実際、このふた晩で、寝不足になっていた。

おれんには紀の屋と食事を共にした翌日、つまり昨日の朝会ってはいるが、それもほんのひととときだった。

「おれんと申します。どうかよろしくお願い致します」

おれんは、長い睫《まつげ》を伏せて新八郎に挨拶《あいさつ》すると、また床《とこ》に伏せてしまったのである。

幾分元気になったようだが、透《す》き通るように白い肌《はだ》が、神懸かりといわれるおれんを一層際立たせていた。こんな所で閉じこもって占いばかりに日々を費やすのは勿体ないような女であった。

ただ、どこかに繊細《せんさい》で傷つきやすいところがある、新八郎でさえそう思うのに、遠慮会釈《えしやく》のない多聞などが顔を出したら、それだけで怖《お》じ気《け》づくのではないかと、ちらと思った。

だが多聞は、そんなことに頓着《とんちやく》する男ではない。

「青柳殿、紀の屋はこう言ったぞ。青柳様と相談して頂いて、二人でというのならばそれでもよし、私はおれんさんを守って下さるのなら、それでいいのですから、お手当てもそれぞれにお支払い致します……とまあ、そういうことだ」

「そうか。ならばそうして貰おうか」

「よし決まった。では明日から参る」

多聞が膝を起こした時、新八郎の耳に、聞き慣れぬ音が聞こえてきた。

「しっ……」

新八郎は、廊下に飛び出した。

月明りの庭木の中に、黒い影が動くのが見えた。

影はたった今、塀から飛び下りて立ち上がったところだった。

足音を忍ばせて影は離れの座敷に歩み寄る。

「誰だ！」

言うが早いか、新八郎は裸足《はだし》のまま廊下から庭に飛び、離れの部屋の廊下に上がろうとした影に飛びついた。

二人は庭に、もつれ合って転がった。

だが、確かにつかんだと思った影の腕が、一瞬の隙《すき》をついてするりと新八郎の手を逃れると、影は起き上がりこぼしのように、ひょいと立ち上がり、一間ほど飛びのくと、懐からきらりと光る物を取り出した。

匕首だった。

影は、その俊敏な動きからまだ若い男だとわかった。

「誰です」

部屋の障子におれんの影が差した。

「危ないぞ、出るな」

新八郎はおれんに怒鳴って、

「八雲殿……」

多聞を呼びながら、離れ座敷を背にして立った。

多聞が離れの廊下に立ったのを見届けて、新八郎が男に向いた時、男はくるりと背を向けると植え込みの中に走り込み、匕首を口に銜《くわ》えて松の木の枝を両手でとらえると、ぶんっと反動をつけて塀に跳《と》び、そのまま塀の外の闇《やみ》に消えた。

「逃げたか」

多聞が叫んだ。

「身の軽い奴だ」

新八郎が裾を払って座敷の前庭まで引き返すと、すらりと戸が開いておれんが出てきた。

「やはり私に恨《うら》みを抱いている者の仕業《しわざ》でしょうか」

おれんは注連縄《しめなわ》を張った白木の祭壇の前で、消沈した顔を新八郎に向けた。

「夜陰をついて庭に忍び寄り、刃物を懐に忍ばせてそなたの部屋に入ろうとしたのだ。そなたの命を狙ってのことだ。怨恨《えんこん》を持ってのことと思われる」

新八郎は、おれんの後ろに見える、祭壇に供えられた供物《くもつ》や立ててある玉串《たまぐし》を、ちらりと見て言った。

「ただの物盗《ものと》りということは考えられんか」

多聞が言った。

「いや、迷わずまっすぐおれんの部屋を狙ってきたということは、この紀の屋の屋敷の中の、どこにおれんが住んでいるのか知っている者だ。ここを一度訪ねたことのある人間だ。訪ねて来ておれんに占って貰うことがかなわなくて恨みを抱いた者か、あるいは、占って貰ったが、意に沿わず、逆恨みをしている者か……」

「青柳様、青柳様のおっしゃる通りかもしれません。こんな大それた仕事をしているのですもの、恨んでいる人がいても不思議はありません」

おれんは、自分に言い聞かせるように言った。

「しかも高額の見料をとっているという評判だ。客は貧しい者ではなく金のある者たちばかり……」

新八郎は、少々険のある口調になった。

「おい……」

多聞が袖をそっと引いたが、新八郎は言葉を続けた。

「これは俺の国元での話だが、俺の友人に、町で酒を飲んだ酔狂《た》で軒先で占っていた易者に手相を見て貰った男がいた。友人は武術にも長け、体も屈強な男だった。その男が易者から、あなたの命はあと一年ほどだと言われてな。男は間近に控《ひか》えていた祝言《しゅうげん》を止め、家に引き籠《こ》もって次第に自暴自棄になった。まもなく一年になろうかという時、友人はその時を待つ恐怖に耐えられず、街に出て大酒を食らい、些細《ささい》なことで人を殺《あや》めてしまったのだ。相手の者にも言動に落ち度があったとされ、死罪にはならなかったが幽閉《ゆうへい》された。それからさらに半年を経て、友人は自害してしまったのだ。占いは事によっては、人を狂わす凶器となる」

「わかっております。人の心の綾《あや》に踏み入る行いです。いつも感謝されるとは限りません。占った人に悲運や不幸がありありと見えた時、こんな才を授けて下さった神様を恨めしく思います」

おれんは、深い溜め息をついた。

そして呟《つぶや》くように言ったのである。

「紀州に帰りたくなりました。お吉《きち》と一緒に……」

「お吉?……」

「亀の名前です。ずっとここまで姉妹のように私を支えてきてくれた亀に、幸せをくれた亀に、私はお吉と名前をつけておりました。お吉と一緒に私が捨てられていた沼に立って、もう一度自分の生き方を見つめ直してみたいのです」

「………」

「なんだか物心つかぬうちから、身に余る重い物を背負いこまされてしまったような気がして……」

　おれんはふっと恥ずかしそうな笑みを浮かべ、

「もっと身軽になって只《ただ》の紀州の田舎《いなか》娘になって勇吉《ゆうきち》さんと逢えたらどんなにいいだろうかって……」

「勇吉？」

「私のただひとりの幼馴染《おさななじみ》です。この江戸にいるんです」

　恥ずかしそうに言い、目を伏せた。


「新八郎様、どうかなさったのですか。お食事、お気に召しませんか」

　ふっと気づくと、八重《やえ》の心配そうな顔が覗いていた。

「いやなに、寝不足でぼうっとしていたのだ」

　新八郎は、苦笑してみせた。

『吉野屋《よしの》』という奈良茶漬けの店のかた隅だった。

　紀の屋に賊《ぞく》の侵入があってからというもの、風の音にも神経をとがらすといった有様で、昨晩もまんじりともしない夜を過ごしている。

　だが多聞が現れたことで、今日からは夜は新八郎が、昼間は多聞が用心棒を務めることになった。

だから先程、多聞と交替してきたばかりだが、今日は二人でおれんを幼馴染の勇吉と会わせてやる手筈《てはず》になっている。

おれんはあの折、勇吉のことを幼馴染とだけ言ったが、新八郎はその言葉の奥に深い思慕があるのを直感した。

この娘にも人並みに人を恋《こ》う心があったのかと、新八郎は妙に安心したものである。

そこで新八郎は紀の屋に、おれんと勇吉を一度ゆっくり会わせてやったらどうか、それでおれんが元気を取り戻してくれるのなら良いではないかと話を持ちかけたところ、膝を打って承諾してくれたのである。

紀の屋の話では、勇吉は本石町《ほんごく》の生薬屋《きぐすり》『大和屋《やまと》』の手代だそうで、おれんが江戸に出てくる三年ほど前から大和屋に奉公しているらしい。

何度か紀の屋にも薬を届けてくれたことがあり、二人は再会を喜びあっていたというのだが、おれんが深い思慕を寄せていようなどとは、紀の屋は少しも気がつかなかったようだ。

ぜひにもお願いしますと紀の屋は言った。

その、勇吉と約束している刻限は昼の七ツ、まだ時間はあった。そこで新八郎は久しぶりに吉野屋に立ち寄ったのだが、ただ新八郎はもう一つ、昨夜多聞が引き上げて行った後に、おれんが言ったひとことが、ずっと胸の内に残っていた。

この店に入ってきてからも、そのことを考えていたのである。

「新八郎様、少しもお箸《はし》が進んでおりませんよ」

八重は、盆《ぼん》を膝に抱えるようにして、新八郎の膳の前に静かに座った。優しげな目がじっと新八郎を見ているし、形のよい唇《くちびる》は何か言いたげな気配である。

新八郎は苦笑した。新八郎がそうであるように、人を包み込むような八重の雰《ふん》囲気《いき》は、店に来る多くの客の心を癒《いや》しているのは間違いなかった。

興津《おきつ》八重……八重はもとは武家の妻だったということである。

その八重が、浄瑠璃長屋の住人となったのは、新八郎が長屋に入る少し前だと聞いている。

八重は、新八郎が住人となってまもなく、この柳原《やなぎはら》の同朋《どうぼう》町に新しく店を開いた奈良茶漬けの姉妹店『吉野屋』に通い勤めをするようになった。

長屋では隣同士の関係から、新八郎もたびたびこの店に茶漬けを食べに立ち寄っている。なにより八重は、店の余り物だといい、あれやこれやと運んでくれるのが、新八郎にとっては大いに助かっていた。

吉野屋は茶漬け屋とはいえ、小料理屋やめし処《どころ》で出すような、たいがいのお菜や料理も出すし、酒も飲ませる店である。

そんな店で、ひるむことなく立ち働く八重を見ていると、武家の妻だったというのが信じられない気もしてくる。

八重とは互いに身のうちを語り合ったこともないが、なぜか心の底にしまい込んであるものが、どこかで重なり合っているようなそんな錯覚を覚えるのであった。

人の知れないあやしを含んだ美貌《びぼう》の女……それが八重に対する新八郎の印象だった。

しかも気働きのきく八重は、店の女将にも頼りにされて、ほとんどの時間は帳場にいて、帳面をつけたり金の出し入れを受け持っている。

新八郎など親しい者が店に入ると、八重は出てきて世話を焼いてくれるのであった。

「いやなに、考え事をしていたまでだ」

新八郎は苦笑して、八重の黒々とした目を避けるように茶碗《ちゃわん》を取った。

急いで口の中に茶漬けを掻き込む。

「いかがですか。新しいお茶漬けです。干し鱈《だら》を軽く焼いてほぐしたものに浅草《あさくさ》海苔《のり》をもみ入れて、それにワサビを添えてあります。そしてこちらが、女将さん手ずから漬けた香のもの、今日お茶漬けを召し上がるお客様には、昨日漬け込んだものをお出しする。今まではお漬物屋さんから仕入れたものばかりでしたが、これも結構美味《おい》しいでしょ」

八重はいちいち茶漬けの説明をした。

「うむ……うまい」

「良かったこと……熱いお茶、お持ちしますね。ゆっくりしていって下さい」

八重はそう言うと、立っていった。

八重自身も自分を語らないが、相手も詮索《せんさく》しない。それが新八郎にとっては有り難かった。

新八郎は、小女《こおんな》が入れ替えてくれた熱い茶をひと口飲むと、また思いに耽《ふけ》った。

あの時、おれんはこう言ったのである。

「青柳様、私はあなた様に初めてお会いした時に、あなた様が大切な失《う》せ物を探しておられる、咄嗟《とっさ》にそう思いました。あなた様さえよろしければ占ってさしあげたい気持ちがあったのですが、私にはもう占う気力はありません。でもあなた様がお探しの物、きっと見つかります。私はそう念じています」

おれんは、新八郎の背後の遠くにあるものを、見透かすように言ったのである。

驚いたのは新八郎だった。

初めて顔を合わせたに過ぎない女から、会うなり自分の秘密を見抜かれるなどと、考えても見なかった。

いきなりぐいと胸の内に踏み込まれたようで、新八郎は不意を突かれた。

その言葉は、破格の見料をとって占いをする戯言《ざれごと》などではなかった。

特に「あなた様がお探しの物、きっと見つかります……」の言葉は、新八郎の胸を突いた。

この時だけは、臆面《おくめん》もなく縋《すが》りたい衝動に駆《か》られたのであった。

その思いは、あれからずっと続いていた。

おれんが指摘した新八郎の失せ物とは……それは妻志野《しの》のことだった。

三年前、志野は突然家を出た。

何が原因で家を出たのか、新八郎には心当たりがあるようで、これといって決定的なものは思い当たらなかった。

何故だ。新八郎は志野が家を出て、初めて、二人で越してきた年月に思いを馳《は》せたのであった。

新八郎が志野を娶《めと》ったのは、二十三歳の時だった。

陸奥《むつ》国平山《ひらやま》藩五万石、御納戸《おなんど》役、禄《ろく》は七十石、城勤めの合間には城下の『島田《しまだ》道場』に通う日々を過ごしていた。

そして志野はというと、父の友人で、長い間定府《じょうふ》であった狭山作左衛門《さやまさくざえもん》の養女だった。

作左衛門は平山藩に一時帰国した折に、新八郎にわが娘の志野を妻に貰ってくれないかと言ってきたのである。

その時志野は二十歳だった。

作左衛門の自慢の娘だけに、江戸で育った志野の動作はどこかたおやかで、鄙《ひな》には勿体ないなどと、同僚にひやかされたこともある。

ただ志野にとっては、姑《しゅうとめ》の新八郎の母も健在だったし、新八郎の弟の万之助《まんのすけ》もいた。最初から苦労は多かったのである。

やがて母が、志野は糠袋《ぬかぶくろ》に糠を入れ過ぎて贅沢《ぜいたく》だとか、御飯の炊《た》き方が下手《へた》だとか、ことあるごとに新八郎に愚痴を言うようになった。志野はひとことも姑への不満は漏《も》らさなかったが、志野の顔から笑顔が消えた。

初めのうちは、くすくすと声をたてて笑っていた志野が、だんだん笑うことが少ない女になっていった。

だが一子千太郎《せんたろう》が生まれると、志野の顔に笑顔がもどった。ところが、五歳になった千太郎が、友人と川遊びをしていて溺《おぼ》れて死んだ時、志野は窮地に立たされた。

志野は、新八郎の母から激しく責められたのである。

あれから、針の莚《むしろ》に座るような毎日を過ごしていたに違いない。

以来、志野は新八郎に背をむけて休むようになり、江戸にいる養親の作左衛門が亡くなったと知らせを受けた三年前、突然家を出たのである。

作左衛門は長い江戸暮らしの間に妻を失っていた。知り合いの子息を養子に迎えて跡をとらせていたが、志野はそこには行ってはいない。

母は、その跡取りに宛てて、志野の離縁状を送りつけ、新しい妻を迎えたらどうかと新八郎をけしかけたが、新八郎は一蹴《いっしゅう》した。

志野の失踪《しっそう》には謎があったからである。

姑の厳しさや子を失った悲しみとは別の、看過できない謎だった。

それというのも、志野が失踪する前日、見知らぬ商人が志野を訪ねてきているのである。隣家の内儀が教えてくれたのだが、その男は江戸言葉を使っていたという。

男は報告に来たのか誘いに来たのか、いずれにしても男が持ってきた話が志野を失踪に駆りたてたのではないかと新八郎は考える。

夫として見捨てておける筈がない。

やがて参勤交代から帰ってきた友人から、志野が江戸にいるのを見た者がいると聞いた。

そこで新八郎は、母が亡くなるや、国元に帰っていた藩主に願い出て、家督を弟の万之助に譲り、江戸に赴《おもむ》き、志野を捜し出そうと決めたのだった。

失ってはじめて、失ったものの大きさを思い知らされていた。それを取り戻す以上に大事なことが、己の人生にあるとは思えなかったのである。

あれから三年、志野はもはや新しい男と生活を共にしているのかもしれないという不安はあったが、志野とのことに決着をつけなければ、この先も、地に足をつけては生きられないと新八郎は考えている。

江戸に出てきて、浄瑠璃長屋に入り、糊口《ここう》を凌《しの》ぐためによろず相談の看板をあげているのも、そういう事情だったのだ。

——それを……あのおれんは見抜いたというのか。

心穏やかではいられなかった。

だが、誰にも明かさなかった心の秘密を覗かれたという不快さよりも、それを言い当てた時のおれんの曇りのない目の色が、新八郎の胸を熱くしていた。

——おれんの苦しみを、なんとか取り除いてやりたい……。

単なる用心棒としてだけではなく、兄のような気持ちが新八郎に生まれていた。

新八郎はそこまで考えて、茶を飲み干した。

顔を上げて八重を捜すと、八重は帳場で女将となにやら話し込んでいた。

新八郎は、代金をそこに置いて、黙って外に出た。

四

おれんと勇吉の逢瀬《おうせ》は、一石《いっこく》橋の袂《たもと》の船宿で屋根舟を借り、日本橋川を下って隅田《すみだ》川に出、御厩河岸《おんまやがし》で反転し、元の経路をたどって一石橋に戻ってくるという、舟の上だけのものとなった。

命を狙《ねら》う脅迫状も届いていたことから、大事をとって紀の屋が舟を手配したのである。

新八郎と多聞は、舟の舳先《へさき》と艫《とも》に座って見守っていた。

舟の中からはおれんの弾んだ声が聞こえていた。

田舎での思い出話に興じているらしく、時折ころころ笑うおれんの声に、新八郎は驚き、安堵《あんど》した。

隅田川の往来は、川開きとなればたいへんな混みようだが、まだこの時節は、ゆったりとした気分にひたれる。

おれんは舟の中の再会だと聞いた時、浅草の今戸《いまど》まで行ってみたいと紀の屋に頼んだらしかった。

「あの辺りは、都鳥《みやこどり》がたくさんいると聞いています。まだ飛び去らずにいるかもしれません」

おれんは、紀州の海辺を思い出していたのだろう。

だが紀の屋は、

「もう飛び立っているでしょう。それに今戸まで行けば帰りが遅くなります。何かあってはこの私が困る」

そう言って、許しはしなかったと、出がけに新八郎に打ち明けた。

紀の屋が心配していた通り、一石橋に舟が戻って来たときには、もうとっぷりと日が暮れていた。

「さあ、おれんさん……」

勇吉は、船着き場で、おれんに手を差し出して舟から下ろした。

江戸に出てきて既《すで》に八年近くにもなる勇吉は、おれんへの扱いにもそつがなかった。舟に灯《とも》した提灯《ちょうちん》の明りに映える勇吉の顔は、目は細いが鼻筋の通ったなかなかの男ぶりである。

――おれんが心を寄せるのも無理はないな。

新八郎は二人のやりとりを見て心なごむ思いだった。

「さあ、遅くなっては紀の屋さんがご心配でしょう」

勇吉が懐から手ぬぐいを出して、船着き場に立ったおれんの着物の裾をさりげなく払ってやった。

埃《ほこり》でもついていたらしい。

その手ぬぐいに、何かは知らぬが、生薬の香りが染みているのも、日頃の仕事熱心さを見るようで好感が持てた。

勇吉は生薬屋大和屋の手代として、立派に務めを果たしているようだった。

「それじゃあ私はこれで……」

勇吉は、新八郎に頭を下げた。

「じゃあ俺もここで」

多聞もそう言うと、勇吉と肩を並べて帰って行った。

「少しは元気が出たようだな」

新八郎がおれんの横顔を見遣ったその時、目の端に何かが飛びこんできた。

新八郎は、河岸に引き上げてある舟の陰から、黒い影がおれんに突進してくるのを見た。

「死ね！」

黒い影は手に光るものをつかんでいた。匕首だった。

「あぶない！」

新八郎はおれんを庇って立ち、矢のように飛んできたその影の腕を、手刀で打った。

匕首は手から離れ、影は一間ほど飛んで落ちた。

新八郎は、すかさず影に飛びかかって、胸倉をつかんで引き起こした。その顔には覚えがあった。

「お前は……紀の屋に侵入してきたあの男だな」

「……」

「何故、おれんの命を狙う」

「ふん……」

男は、あっちを向いて鼻で笑った。

「脅迫文を寄越《よこ》したのはお前だな」

「ちっ、てめえのやってることを思い知らせたかったんだよ、悪いのか」

「どういうことだ、言ってみろ」

新八郎は、男の胸をぐいと引き寄せると、心当たりがあるのかとおれんの顔を見た。

おれんは首を横に振った。

「仕方がない。番屋に連れて行くか。立て、立つんだ」

力ずくで立たせたその時、

「お待ち下さい……」

屋根舟の提灯の灯《ひ》の輪の中に、若い娘が立っていた。

木綿《もめん》の着物を短く着た、若い娘だった。

「どうか与吉《よきち》兄さんを許して下さい」

「与吉というのか、この男は」

「はい。私、与吉兄さんまで失ってしまったら、もう生きてはいけません」

娘はそう言うと、男の側に走り寄った。

「馬鹿、馬鹿馬鹿」

娘は兄の胸を拳《こぶし》で激しく叩いて、

「与吉兄さん。こんなことじゃないかって、あたし、兄さんを尾《つ》けていたんです。ねえ、もう止めて、おとっつぁんだってどんなに悲しむか……二人でしっかり生きて行け、おとっつぁんはそう言ったでしょ。おとっつぁんの二の舞いをするんじゃねえぞって……兄妹力を合わせてやりなおしてくれって……おとっつぁんのためにも、恨み言はもう忘れてやり直しましょう……あたしを一人ぼっちにしないでよ、兄さん……」

泣き崩れた。

「お咲《さき》……」

男も声を詰まらせる。

「お咲と言ったな。話してくれ。そして、二度とこのようなことはしないと約束してくれたら、お前の兄を番屋に突き出したりはせぬぞ」

新八郎は腰を落として、お咲を覗いた。

「ありがとうございます」

お咲は小さな声で言い、涙を拭《ふ》くと、

「あたしたちのおとっつぁんは、半年前まで小梅《こうめ》村で鶏《にわとり》を飼って卵を八百屋さんや料理屋さんに卸していました。でも、おれんさんの占いで町方のお役人につかまって、死罪になってしまったんです」

恨みのこもった目で言った。

「何、おれんのせいで死罪とな……どういうことだ」

お咲は、きっとした目をおれんに投げると言葉を継いだ。

お咲の父伍平《ごへい》は、与吉とお咲に手伝わせて、小梅村に土地を借りて鶏を二百羽ほど飼っていた。

日本橋で八百屋を営む『相模屋《さがみや》』は、府内の八百屋の中でも大店で、相模屋に行けば無いものは無いという程、品数も多かった。

卵も例外ではなく、しかも産みたての新鮮な卵しか扱わないというのが売り文句で、お咲の父伍平の卵を気にいってくれ、伍平は一日に百個は相模屋に卸していた。

鶏は二百羽が毎日卵を産むことはないが、それでも日に百五十個ほど産んだ。だから伍平は、百個は相模屋に卸し、後の五十個ほどは他の店に卸していた。卵は小売りで一個が二十文もする高価なものである。

伍平の売上は結構な額になり、飼料代を差し引いても、親子三人豊かに暮らしていた。

お咲の母親は早くに亡くなっていたが、父親の伍平の話によると、病床の女房に卵も存分に食べさせてやれなかった悔しさから、鶏を飼うようになったという。

「それが、ある日、突然相模屋さんに出入り禁止を言い渡されたんです。それならと、おとっつぁんは他の店を訪ねて行ったそうですが、どのお店からも断られて……卵は生き物です、野菜と一緒で日がたてば腐ってしまいます。突然なぜ相模屋さんに断られたのか、おとっつぁんは考えました。そして一つだけ思い当たることがあることに気づいたのです」

お咲は側にいる兄を労《いたわ》るようにして言った。

ある日伍平は、相模屋が設けた、小料理屋での仕入れ先の者たちを集めた宴席に加わっていた。ところがその小料理屋に、倅《せがれ》与吉の許嫁《いいなずけ》が勤めていた。仲居をしていたのである。

あろうことか相模屋は、その宴席で、倅の許嫁に「私の世話にならないかね」などと冗談とも本気ともつかぬことを言い、皆の前で露骨に言い寄ろうとしたのである。

伍平は黙っていられなくなって、みっともないことはおよしなさいましと注意をした。

座は白けて、相模屋は激怒し、伍平はその席を辞した。

その時の、満座の中での屈辱を、相模屋は根に持った。

その日以来、卵はただの一つも売れなくなったのである。

毎日たまっていく卵を前にして、ついに伍平の堪忍袋《かんにんぶくろ》の緒が切れた。

伍平は、相模屋の幼い息子の忠吉《ただきち》をさらってきて、人里離れた小屋の中に監禁した。

相模屋を呼び出して、理不尽な仕打ちを問うつもりだったのだ。

だが、息子が神隠しにあったと思った相模屋は紀の屋に駆け込み、おれんの占いに縊ったのである。

はたしておれんが、忠吉の居場所をぴたりと言い当て、伍平は捕まり、なにもかも失って死罪となったのである。

「与吉兄さんはそのことで、おれんさんを憎みました。おれんさんさえ言い当てなかったなら、おとっつぁんは、死ぬことはなかったんだって、そう言って……」

お咲は言い、頭《こうべ》を垂れた。

「お咲さん……」

おれんは、よろめくようにしてお咲の側にしゃがみこんだ。

「ごめんなさい……私には、私にはあの時、あなたたちの顔など見えていなかった……泣いている子の顔以外には……私の占いなんて、それだけのものだったのですね」

おれんは呟くように言い、お咲の手を握った。お咲は拒むように手を引いたが、おれんの目が涙でうるんでいるのを見て、拒むのを止めた。

おれんは、お咲の手をにぎりしめたまま新八郎に言った。

「青柳様お願いです。ここでは何もなかった……与吉さんを番屋に連れて行くのはやめて下さい」

「それでいいのか」

「はい」

おれんは頷《うなず》いた。

新八郎は溜め息をつくと、与吉とお咲を交互に見て言った。

「お前たちも、このおれんの味わった苦しみはわかるまい。あんな脅しの文を送りつけ、大事な亀まで盗んで行ったんだからな」

「亀……」

お咲が言い、怪訝《けげん》な顔を与吉と見合わせた。


「青柳様、八雲様、こちらでございます」

おれんを一石橋の船着き場で襲った与吉とお咲兄妹から、亀のことなど全く知らないと言われてまもなく、また投げ文があったと紀の屋総兵衛は青い顔をして、新八郎と多聞の前に差し出した。

「ふむ……」

新八郎は、膝前に置かれた文を取って、素早く目を走らせた。

――亀を返して欲しければ、百両を広口の瓢簞に入れ、明日暮六ツの鐘《かね》がつき終わると同時に、一石橋の東側から川に落とせ――

文は要領よく手短にまとめて書いてあった。

先に与吉が書いてよこしたという手跡《しゅせき》とは明らかに違っていた。

紙はどこにでもある半紙だが、手にとった時に、どこかで嗅《か》いだ覚えのあるかすかな匂《にお》いがした。

「とんでもない野郎だ」

多聞が横からつかみ取って読み、

「こんな話に屈することはないぞ、総兵衛」

憤然として言った。

「そうでしょうか、私はいかがしたものかと……百両で確かに亀が返ってくるのなら、それで結構なことでございますし」

総兵衛は腹をくくったようだった。

「いやいや、百両などとんでもない話だ。瓢簞《ひょうたん》は用意するが、中に金は入れぬ。それでどうじゃ。必ず我らが捕まえてみせる」

多聞は胸を張った。

「しかし、バレた時のことを考えますと、また、おれんさんの命が狙われてもと」

「私、百両なら持っています」

小座敷の廊下におれんが立っていた。

おれんは、離れの前にある小さな池を振り返って、

「実はあの池に壺《つぼ》が入れてございますが、その壺の中には百両余のお金が入っています。私、お金がたまったら、勇吉さんと所帯を持って田舎に帰ろうと考えておりました。それに、私を育ててくれた養父母にもお返しをしたいと……」

「勇吉とは、そんなところまで話が進んでいたのか。いや、これは驚いた」

多聞は苦笑した。

「今だからお話ししますが、紀州で紀の屋さんのお誘いを受けて、一大決心をして江戸に参ったのも、勇吉さんが江戸で頑張っていると知っていたからです」

おれんは国では、なんどか勇吉と手紙のやりとりをしていたという。それを読むほどに、勇吉さんの近くに住むことができたなら、そんな思いに駆られていた時、紀の屋から江戸行きを勧められた。

「紀の屋さん、ごめんなさいね」

おれんは恥ずかしそうに謝った。

「私はいいのです。おれんさんに江戸を楽しんでほしいと考えていただけですから、しかし、勇吉さんとそんな話になっていたなら、なぜもっと早く教えてくれなかったのかね」

「すみません。勇吉さんに口止めされていたんです。まだ手代だから、所帯を持つなんて言ったら、大和屋さんを追い出されるって」

「しかし、そんな大切なお金を差し出しては、後で困るのではないか」

「いいえ、勇吉さんはきっとわかってくれると思います。勇吉さんも亀のお吉は大好きでした。田舎では神社の庭の池で飼っていたのですが、勇吉さんが遊びに来ると、亀のお吉の方から泳いで寄ってきていましたもの……勇吉さんは私が捨てられていた場所に、あの亀が一緒にいたという話は知っていますから……亀がいなくては私が一日も暮らせない人だと知っていますから……」

「おれんさん、お金は私が出しましょう」

総兵衛が言った。しかしおれんは、これ以上紀の屋さんにご迷惑はかけられないと言い、総兵衛の申し出を強く拒んだのである。

「わかった。おれんの言う通りにしよう」

多聞は池に入って、おれんが示す石の下から小さな壺を取り上げた。石は亀が甲羅干しをする石だと言う。

壺の中には、濡《ぬ》れた小判が百三十枚、十枚ずつ紐《ひも》をかけて入っていた。

「多聞、七ツまでには戻る」

新八郎は紀の屋を出ると、急いで浄瑠璃長屋に戻り、斜め向かいに住む仙蔵の家の戸を開けた。

仙蔵は、新しく始めた唐辛子売りに嫌気がさして、昨日は長屋でふて腐れて寝ていたのである。

案の定、今日も布団に潜り込んで白河夜船《しらかわよふね》と決め込んでいた。枕元には空になった酒徳利《どっくり》が転がっていた。

「おい、起きろ、仙蔵……仙蔵！」

説教かと思ったのか布団を頭まで被《かぶ》る仙蔵の頭上に、新八郎は大声を落とす。

「旦那、聞こえてますって、耳が潰《つぶ》れまさ」

仙蔵はふてくされた顔で起き上がり、布団で体をみのむしのように包んで座った。よくみると、下帯ひとつで裸んぼうだった。

「ふむ、お前は唐辛子売りを止めたと言っていたな」

「へい。ちっとばかり売れたところで、食っちゃいけねえってことがよくわかりやした」

　仙蔵は部屋の隅にほうってある唐辛子売りの張り子をちらと見て言った。

「それなら尚更《なおさら》だ、酒を飲んで寝てる場合か」

「旦那……誰がって、あっしが一番情けなく思ってるんですから、勘弁して下さいよ。旦那に説教されて、二度と巾着切りに戻っちゃいけねえって、これでも頑張っているんですから」

「うむ……それはそうと、お前はいつだったか、猪牙《ちよき》舟を漕《こ》いだことがあると言っていたな。巾着切りを止めてすぐだったたと思うが……」

「へい。吉原《よしわら》にでも行く客をつかまえて、たんまり祝儀《しゆうぎ》を貰おうって魂胆《こんたん》だったんですがね、これがどういう訳かケチな野郎にばっかり当たっちまって。向こうはいい女と楽しむために舟に乗るのに、こちとらおまんまのためかよと考えたらね、馬鹿馬鹿しくなって、それで止めたんでさ」

「お前の腕を借りたいのだが」

「えっ……旦那……おやすい御用で」

　仙蔵は思わせ振りににやりと笑って、

「この腕はまだ鈍《なま》っちゃおりやせんからね、あっという間にすりとってみせまさ」

「勘違いするな、猪牙を漕ぐ腕だ」

「へっ……そうですか、猪牙を漕ぐ腕をね……ようがす。自信はありやせんがやってみます」

仙蔵は、頼りになりそうもない胸を叩いた。

五

黄昏《たそがれ》の一石橋に、六ツの鐘が鳴り始めた。

紀の屋と多聞は、ゆっくりと橋を渡って、東側に立った。

紀の屋の腕には、百両詰めた瓢簞がある。

一つ……二つ……予備の鐘は三つ、その後で本鐘の六ツが鳴る。

六ツを数え終えた紀の屋は、震える手で、瓢簞を川に投下した。

瓢簞は、いったん沈んだかに見えたが、ぽっかりと浮き上がって来た。

すると、橋の下に姿を隠していたのか、突然猪牙舟が現れて、船頭がひょいとその瓢箪を舟に上げると、かわりに麻袋を、河岸に投げた。

「亀だ」

多聞が橋の上から袂に、袂から河岸に駆け下りて、麻袋を拾い上げて、その口を開いた。

幅が一尺ほどの亀が、足をばたばたさせていた。

「総兵衛……」

遅れて小走りしてきた総兵衛に、多聞がほっとした顔をみせた。

「間違いありません、おれんさんの亀のお吉です」

総兵衛も胸をなでおろしたようだった。

その間に瓢箪を拾った舟は、すでに日本橋に向けて走っていた。

だがその舟の後ろに、ぴたりと尾いて走る柴舟《しば》があった。

柴舟は、ぎこちない動きながら、懸命に先の舟を追う。

船頭はあの仙蔵だった。

瓢箪を拾い上げた猪牙舟は、日本橋を過ぎ江戸橋を抜けると、舵《かじ》を北にとって西堀留川《にしほりどめ》に入り、伊勢町《いせちょう》堀に入って堀留の河岸に着けた。

船頭は瓢箪を抱えると、河岸に上がり、堀留の南にある稲荷《いなり》に駆け込んだ。

「旦那……」

仙蔵が積み上げている柴の山に呼びかけた。

「わかっている」

むくりと起き上がったのは、新八郎だった。

「ごくろうだったな、仙蔵」

「とんでもねえ、久し振りに緊張いたしやした」

新八郎は舟から上がると、男が駆け込んだ稲荷に入った。

既に日は落ちて、稲荷の境内にある提灯の明かりの他は、淡い月明かりがあるばかりで、新八郎は用心深く鳥居の陰に立ち、境内をうかがった。

人の影はなかった。

――逃げられたか……。

中に入ろうとした時、あの船頭が懐手に、肩を丸めて出てきたのである。

船頭は新八郎の前を通ると表の通りに出て、雲母《きらら》橋の袂にある飲み屋に入った。

新八郎も後を追って中に入った。

店の中を見渡すと、壁際に畳一枚幅の座敷が延びていて、通路を挟んで腰かけがあった。

あちらにひと固まり、こちらにひと固まりと、近くの河岸で働く男たちや、職人たちが固まりを作っていたが、まだ混むには早いのか、空《あ》いた座や腰かけがずいぶんとあった。

船頭は奥の腰かけに、横顔をみせて座っていた。だが落ち着きがなかった。

新八郎はゆっくりと奥に進んで、船頭の横に座った。

「とっつぁん、早くしてくれ」

船頭は、せっつくように板場に言った。

「金は稲荷の中か」

新八郎は前を向いたまま、低い声で言った。

ぎょっとして船頭は立ちかけたが、自分の膝が新八郎に押さえ込まれたのを知り、狼狽《うろた》えた。

「はい。お銚子《ちょうし》一つね」

小女が酒を置いて向こうに行った。

「正直に言うんだ。言わぬと、この店を出たところで、斬《き》る」

「だ、旦那……」

船頭は震え上がった。

「ずっと舟で尾けてきたのだ。お前一人の仕業ではあるまい」

「………」

「誰かに頼まれた……そうだな」

「だ、旦那、堪忍してくだせえ」

「言えぬようなら俺が言おう。お前は大和屋の手代、勇吉に頼まれたのではないか」

「旦那」

船頭は驚愕《きょうがく》した目を向けて来た。

新八郎は、懐からちらちらとあの脅迫状を見せ、

「これに染みついている匂いは、薬草の匂いだ。同じ匂いが大和屋の手代勇吉の手ぬぐいからも匂っていた。嘘をついてももう逃れられぬぞ」

「どうかご勘弁下さいませ。あっしは、おっかさんに人参《にんじん》を飲ませたくて、それで……」

「人参……どういうことだ」

「へい。十日ほど前に大和屋さんに人参を買いに行きました。ですがとても手がでねえ……がっかりして店を出たところで、手代のお一人にいい話があるが、そ

れを引き受けてくれたら、人参をくれてやると、そう言われまして……それが勇吉さんだったのでございやす」

「すると亀を盗んだのもお前なのか」

「へい。勇吉さんが紀の屋さんに薬を届けたことがございました。ついでにおれんさんの部屋を訪ねたようですが、その時に、部屋を訪ねる前に裏木戸の閂《かんぬき》を開けてくれまして、それであっしが盗み出して、長屋で面倒をみていたのでございやす……悪いこととは知りながら、しかし、あっしは病気のおっかさんに人参を飲ませてやりたかったのです。おれんさんという占い師には何の恨みもございません」

　縋るように言った。

「それで……金はどこだ。稲荷の中か」

「祠《ほこら》の中です。そこに押し込んでおくようにと言われておりやす」

「勇吉はいつ取りに来るのだ」

　この場所から本石町はすぐ目と鼻の先である。

「知りやせん。あっしの仕事はここまででございやすから」

　船頭の話を聞き終えると、新八郎はすぐに外に出て、稲荷の祠に走った。

腕を差し込んでみると、手の先に瓢箪がひっかかった。

取り上げようとしたその時、入り口の鳥居あたりで人の気配がした。

新八郎は、慌てて祠の側の絵馬掛けの後ろに身を潜めた。

勇吉だった。

勇吉は、ゆっくりとした足取りで境内に入ってきた。辺りを見渡して、稲荷の祠に手を伸ばした。

そして、瓢箪を一気に引っ張りあげたのである。

「ふっ……」

思わず笑みを漏らす。してやったりの顔である。

だが次の瞬間、

「旦那……」

勇吉の顔が凍り付いた。

「探し物は見つかったようだな、勇吉」

提灯のほのかな明りに見える瓢箪を指した。

「そうですかい、わかっていたんですか」

勇吉は顔を歪《ゆが》めて小さく笑った。

油断のない顔で、左手に瓢箪を持ち、右手は懐に差し入れている。

「勇吉、どうしてこんなことをするんだ。こんな危ない真似《まね》をせずとも、おれんはお前との新しい生活のためにあの金を使うのだと言っていたぞ……お前も聞いているのではないのか」

「旦那、そういうわけにはいきませんので」

「何」

「こうなったら申しやすが、わたしは田舎に帰るなんぞまっぴらでございますよ。それに、おれんと所帯を持つなど御免被りたい話で……」

「…………」

「あんな神の申し子なんて女と一緒に過ごすなんて薄気味悪くて……そうは思いませんか」

「お前は今なんと言った。おれんが薄気味が悪いだと……確かにおれんは占いはするが、ただの娘だ。お前だって先頃舟で会って、わかっているではないか」

「まさか……わたしはね、旦那……なんとかして、おれんから金を巻き上げられないものかと、そう思ったんでございますよ。ところがおれんは、溜めた金は一緒に田舎に帰る時まで楽しみにしてくれなどと間の抜けたことをいう。わたしは急いでいるんです」

「何を急ぐのだ」

「わたしには好いた女がいるんですよ。その女を身請《みう》けするために、金がいるんです」

「勇吉、お前という奴は……おれんはな、お前に会いたいがために、紀の屋と江戸に出て来る気になったのだ」

「どう言われてもこればっかりは……旦那、そういうことですから、どうかそこを退いてください。どうせ、いいかげんな御託を並べて手にした金だ」

「勇吉……」

「退け！」

勇吉が懐から匕首を引き抜いた。

「わたしは命をかけているんだ」

勇吉は瓢箪を抱えてちらっと出口を窺うが、その目がやがて驚愕の色に変わった。

「勇吉さん……」

月明りに、幻のようにおれんが立っていた。

「青柳様……私、本当は気づいていたんです。気づいていたけど信じたくなかったんです。人を占う私が、自分のことを占うのは恐ろしくて……でも、これはどうしても確かめなければ、私そう思いなおして、紀の屋を抜け出して、大和屋さんのお店の前から勇吉さんを尾けてきたんです……悪い夢であってほしい……そう願いながら尾けてきたんです……それがまさか……」

おれんは、泣き崩れた。

「おれん」

新八郎がおれんに駆け寄った時、その隙をついて勇吉が二人の側を走り抜けた。

「勇吉」

間一髪、新八郎は勇吉の襟首《えりくび》をつかむと、足をかけて引き倒した。

「うっ……」

勇吉はしたたかに腰を打ってあお向けに落ちた。

瓢箪がふっとんで、近くで重たい音を立てた。

その音めがけて勇吉は這って行く。金の虜《とりこ》となった浅ましい姿であった。

「お前という奴は……」

新八郎が勇吉に歩みよろうとしたその時、

「いいのです、青柳様……そのお金、勇吉さんにあげて下さい。幼い頃に、占いをする子なんて気味悪いって友達に苛《いじ》められた時、勇吉さん一人が庇ってくれました。勇吉さんがいてくれたから私は寂しくなかったんです。それをいつの頃からか、私が勘違いして……」

おれんは言い、袖で顔を覆うと、走り去った。

「くっ……」

薄明りの中に、這いつくばったまま、勇吉が無念の声を上げた。

「おれん、いよいよ紀州に帰るのか」

新八郎が紀の屋の離れを訪ねた時、部屋には梱包《こんぽう》された荷物が置かれ、飾ってあった祭壇は綺麗《きれい》に取り払われていた。

「青柳様にはいろいろとお世話になりました。ありがとうございました」

おれんは、小娘のような恥じらいを見せて手をついた。

「亀のお吉はどうするのだ」

「お吉も荷物と一緒に送って下さるようですから」

「そうか、それは良かった。いや、他でもない。実はお前に伝言があってな」

「伝言……なんでしょうか」

「ふむ……これだ」

新八郎は懐から手ぬぐいで包んだ物を出した。

「金だ。あの百両だ」

「………」

「勇吉もさすがに黙ってこれを懐にする程の悪人ではなかったようだ」

「………」

「勇吉は言っていたぞ。自分がどんなに卑屈な男に成り果ててしまったのか、それが良くわかったとな。おれんを想う気持ちに偽りはなかったのに、自分は手代、そしてお前は……大きな隔たりを感じていた、自分の手の届かぬ人となったとな……。そう言って己に愛想をつかしていたぞ」

「青柳様……」

おれんはそう言ったきり言葉をつまらせた。新八郎は、目のやり場を失って、

「しかし、いい天気だな」

腕を伸ばして庭に下りた。

池を覗くと、亀のお吉が近づいて来た。のんびりとした水中の歩みだった。

新八郎が苦笑して、その甲羅に手を差し延べた時、

「青柳様、私も青柳様にお伝えしたいことがございます」

後ろにおれんが立っていた。

「こちらへ……」

おれんは新八郎を池のほとりにある庭石に座らせると、身内にわき起こる気を鎮めるように、しばらく瞑想《めいそう》していたが、

「私の最後の占いです。青柳様、あなた様の懐にある物を出して下さい」

と言った。

「懐のもの……これか」

新八郎は、使い古した財布を出した。

「これはお内儀が手ずからお作りになったもの……そしてあなた様がお探しのものとは、お内儀でございましょう」

「おれん……」

新八郎は、驚愕しておれんを見た。

確かにおれんの言う通り、財布は妻が失踪する前に縫《ぬ》い、刺繍《ししゅう》を施《ほどこ》していた物である。夫婦鴨《めおとがも》が水の上を滑る図柄だが、刺繍は中断されていた。まだ不完全

だったのである。

志野は、この財布を刺繍している時に突然失踪したのだった。

今となっては、いわば新八郎の手元に残っている唯一の形見《かたみ》のような物だったが、それをおれんに言い当てられて狼狽《ろうばい》した。

驚いて見返した新八郎に、おれんは言った。

「奥様はこの江戸に生きておいでです」

「まことか」

「はい……」

新八郎の胸に、妻の志野との生活が、走馬灯のように駆け抜けた。

「そうか……生きておるのか」

——生きてどの辺りに住み、どんな暮らしをしているのか……。

新八郎は、恐れを抱きながらおれんを見返した。だがおれんは、

「必ず再会できる筈です。必ず……」

そう言って頷いてみせた。

おれんの言葉は、暗闇の中で手探りをしていた新八郎には、一条《ひとすじ》の光に思えた。


「盗まれた亀」（『照り柿　浄瑠璃長屋春秋記（一）』第一話）

収録作品一覧

裁きの宿 ――『雁の宿　隅田川御用帳（一）』光文社文庫
桜散る ――『恋椿　橋廻り同心・平七郎控（一）』祥伝社文庫
別れ烏 ――『雁渡し　藍染袴お匙帖（二）』双葉文庫
盗まれた亀 ――『照り柿　浄瑠璃長屋春秋記（一）』小学館文庫

解説

菊池《きくち》 仁《めぐみ》
（文芸評論家）

作者のデビュー作「隅田川御用帳」シリーズの第一巻『雁の宿』が刊行されたのは、二〇〇二年である。今年、作家生活二十周年を迎えたことになる。この間、栄枯盛衰の激しい文庫書下ろし時代小説のジャンルで、複数の人気シリーズを送り出し、常に第一線で活躍してきた。

人気の秘密の第一は、お登勢に代表されるヒロインの卓越した人物造形と、弱者に優しく女性に寄り添う男性主人公の魅力である。第二は川、橋、渡し場などをモチーフとした濃縮された人生ドラマにある。この二つが磁力となって、女性読者も呼び込み人気を形成してきたといえる。

勿論、作家としての活動はシリーズものだけではない。好評を博した傑作『番《ばん》神《じん》の梅』をはじめ、『花鳥《はなどり》』、『茶筅《ちゃせん》の旗』、『龍の袖』といった長編小説でも力を発揮している。

本書は、作家生活二十周年という節目に、手がけたシリーズの中から、作者の思い入れの深い作品と、秀逸な市井人情ものを集めたアンソロジーである。具体的な内容は収録作品に沿って解説していこう。

「隅田川御用帳」シリーズ第一巻『雁の宿』――裁きの宿

本シリーズは、廣済堂文庫から第一巻が刊行され、二〇一三年に刊行された第十六巻『花野』で幕を下ろした。しかし、最終巻が未完だったため、光文社文庫が引き継ぎ、新たな書下ろし『寒梅』、『秋の蟬』も加え、全十八巻で完結した。そんな経緯もあっただけに作者にとっては愛着の強いシリーズといえる。

『雁の宿』を店頭で見つけた時、新人、それも女性作家ということもあって、すぐ読んでみた。その時の驚愕を今でも覚えている。物語の主要舞台へ誘う出の確かさに舌を巻いた。第一話「裁きの宿」の書き出しの巧さは群を抜いており、とうてい新人とは思えない筆力を感じた。解説を解りやすくするためにその個所を引用する。

〈陽の光の中で賑《にぎ》わいをみせた江戸の街も、夜の帳《とばり》がおりると一転暗い闇に包まれる。

虚飾の輝きをみせる遊里の華やぎは別として、一日千両万両の商いがある隅田川西岸の商人の街も、威厳を誇る武家屋敷の道筋も、いずれも人の行き来は絶え、しばし刻《とき》が止まったようだ。

しかしその一方で、夜の闇を待ち、蠢《うごめ》きだす人たちがいる。多くは仕事にあぶれ、親しい人との絆《きずな》を失い、あるいは世間の目を欺《あざむ》いて生きる、飢《き》渇《かつ》の中で漂流する者たちである。

江戸の街の光と影——隅田川沿いにはそれを象徴するかのごとく、日中には姿を見せなかった漂流者たちの店が夜になると点在する。〉

注目して欲しい第一点は、江戸の夜の街を写し取る流麗な筆致である。シリーズもので最も希薄だったのが、人と風景を融合させて綴る情景描写であった。推《すい》敲《こう》を重ね練りに練った末にたどり着いた文章だと見当がつく。この巧みな情景描写は、作者の特質であり、得意とする市井人情ものの題材と結びつき、独特の作風を作り上げていく。

第二点は、〝隅田川〟に注目したことである。隅田川は江戸の人々の心の故郷であり、作家側から見れば江戸情緒を醸《かも》し出す格好の舞台となる。表現を変えれば読者が感情移入しやすい回路として作用する。なぜなら、登場人物をどれだけ深く描き切れるかということは、最高の情景を用意し、どれだけ深く登場人物の心象風景と同一化させるかにかかってくるからだ。更に作者はその効果を高めるためにもう一つの舞台装置を設定した。縁切り寺である。

「えっ、深川に縁切り寺があったの」

読者を引き付けるには効果抜群の布石となっている。作者は物語の主要舞台を隅田川、その中心に縁切り寺である慶光寺を置き、ヒロインのお登勢を門前の橘屋の主人、塙十四郎をその用心棒としたのである。

〈もともと深川に縁切り寺などあった訳ではありませんが、江戸に縁切り寺を設定し、寺宿を置くことには理由があったのです。

話はむろん別れ話ですが、そこに登場してくる人々を通じて、市井《しせい》の人々の暮らしや人情を書くことに主眼があったからです。〉（第十四巻『日の名残り』あとがき〈廣済堂文庫版〉）

この前提に作者には痛みを伴う理由があった。それは、〈実は私も離縁の経験者で、書下ろし時代小説の第一作を離縁の話にしようと考えたのは、自分のこととして向き合えるのじゃないかと考えたからだ。〉（第一巻『雁の宿』あとがき）

離縁話には百組の夫婦がいれば、そこには百通りの理由があり、その意味ではネタの宝庫であるが、大切なのは作者の扱い方である。この点について作者は前述の『日の名残り』のあとがきに次のように記している。

〈駆け込むのは女の方だから、話はどうしても女の主張を通じて展開することになりますが、多くの小説にある男の視点ではなく、できるだけ女の視点から、江戸時代の夫婦の有り様を書こうと思ったのがこのシリーズの狙いでした。

この時代、確かに男優位の時代でしたし、それに町人がいくら力をつけてきたとはいえ、身分制度の壁は厚く、女にとっては受難の時代だったことは間違いありません。

ただ、私はその受難の悲惨な陰々滅々とした面だけでなく、その中でも、

〈こたれずに新しい生活を手に入れようとする前向きな女たちを描こうと考えてきました。〉

この二つの〝あとがき〟を読むと一巻ごとに作者の内部で「隅田川御用帳」のテーマが醗酵《はっこう》していったことがわかる。つまり、女の視点を梃子《てこ》として描く手法が定着し、新たな輝きを放ったわけである。作者がお登勢と共に成長し、物語を動かしていくという名作の持つ特性を感じ取れる。

再刊された『雁の宿』のあとがきで〈小説家として私が熱い思いで送り出したデビュー作〉と語っているが、その熱い思いが増大し、読者はその熱量に打たれて物語に没頭していくことになる。ここに人気の秘密がある。

朗報がある。同シリーズの続編となる新シリーズ「隅田川御用日記」も刊行中である。是非、こちらも手に取ってもらいたい。

「橋廻り同心・平七郎控」シリーズ第一巻『恋椿』――桜散る

作者の力量を占う意味で重要な位置づけを持ったシリーズ第二弾「橋廻り同

心・平七郎控」の第一巻『恋椿』が刊行されたのは二〇〇四年である。本書では、作品の世界観と特徴および魅力が、手際よく紹介されている第一話「桜散る」を収録した。

本シリーズの面白さは二つの優れた着眼点によって支えられている。第一点はヒーローである立花平七郎の職業が、北町奉行所の同心ではあるが、あまり聞きなれない定橋掛《じょうばしがかり》、通称橋廻りという役職であることだ。作者は平七郎の役職を次のように説明している。

〈その平七郎が定服としての黒の紋付羽織、白衣（着流し）に帯刀というご存じの同心姿にかわりはないが、今手にあるのは十手《じって》ではなく、コカナヅチ大の木槌《きづち》であった。

長さ八寸（約二四センチ）あまりの指の太さほどの柄も、直径一寸（約三センチ）ほどの円筒形の頭部もすべて、樫《かし》の木で出来ている小さな木槌だが、これで橋桁《はしげた》や橋の欄干《らんかん》、床板を叩《たた》いて橋の傷み具合を確かめるのが橋廻りの第一の仕事であった。

第二は、橋の通行の規制や橋袂《たもと》の広場に不許可の荷物や小屋掛けの違反者はいないか等、高積見廻《たかづみみまわ》り方同心に似たお役目も担っていた。
むろん、橋下を流れる川の整備も定橋掛のお役目であった。
同心の花形である定町廻《じょうまちまわ》りが綺麗《きれい》な房のある十手をひけらかして、雪駄《せった》を鳴らし、町を見回るのに比べると、こちらの仕事はいかにも地味で、木槌を手にして町を歩くのは、あまり格好のいいものではない。〉

実にわかりやすい紹介である。と共に聞きなれない定橋掛という役職を発見した作者の緻密な史料の探索能力に脱帽である。見どころは、ここから得た着想に作者ならではの独特な工夫を加えているところだ。つまり、探索方の役人を避けることで、平七郎の目線の低さと自由に動き回れることを狙ったのである。

第二点は、作品のモチーフを橋としたことである。特に、江戸の下町は江戸湾岸のデルタを埋め立て、運河を縦横に造った市街なので、当然ながら橋梁《きょうりょう》が多い。時代が進むにつれて橋はさらに増えていった。江戸の人々にとって橋は生活に密着した存在であった。

つまり、橋には人生の縮図がある。橋が生活に密着した存在であった江戸の人にとって、橋は離合集散の場であった。人情交差点という表現がぴったりである。

作者はこのことに注目。人情交差点である橋と、橋廻りという役職を交差させることで浮かび上がる人生ドラマを描こうとしたのである。

「桜散る」は犯罪に遭遇した女の哀しみや切なさ、悪や犯罪に手を染めた男の生きざまの虚しさを描いている。救いは相手の内面を理解しようとする平七郎のやさしさと、澄んだ瞳である。橋が哀しみを抱えた相手の心情を理解するための重要な手がかりとなっているところに、作者の手腕がある。

「藍染袴お匙帖」シリーズ第二巻『雁渡し』――別れ烏

「藍染袴お匙帖」シリーズの第一巻『風光る』が刊行されたのは二〇〇五年である。前作の二シリーズに続く第三弾となる。前二作と同様、画期的な成功を収めた。要因は職業と人情交差点をクロスさせる手法は取っていないものの、主人公を女性の町医者とすることで、斬新な舞台装置を考案している。

まず、第一巻『風光る』収録の第一話「蛸火」に初登場するヒロインの紹介に注目しよう。

〈千鶴が立っている家の前の通りは藍染川沿いにある。

この家はその昔、幕府の医師若原道有《わかはらみちあり》の屋敷があった場所で、千鶴の父は医学館の教授となったその年に、この藍染川沿いの道有屋敷跡の一角に二百坪ばかりを買い求め、住居兼治療院の屋敷を建てた。

母は遠い昔に亡くなっていて、この家に移ってきたのは父と千鶴だけだったが、当時は医学生が出入りしていて賑やかだった。

父が亡くなった後は千鶴が主となって、往時を思えばひっそりとした暮しだが、弟子のお道と、昔から女中として住み込んでいるお竹もいて、治療に来る患者の出入りも年々歳々に増えていて、これはこれで賑やかな暮しだと思っている。

なにより、裏庭に広がる薬園は医者にとっては貴重なもので、この家で自分も一生市井の医者として尽くしたいと千鶴は考えているのであった。

そういった住家や町に対する愛着は、千鶴が往診のときに着用する袴にも表れていて、西陣で織った平織の生地をわざわざ近くの紺屋で染め上げて愛用しているのであった。

だから人は、千鶴のことを藍染先生とも呼び、千鶴先生とも呼ぶのであっ

た。〉

　さりげない描写だが、千鶴の人物像に境遇と住家や町に対する愛着、さらに町の人々の視線まできっちり網羅したものとなっている。その象徴が藍染先生という愛称に込められている。医学館の教授方であった亡き父の遺志を継いで女医となった千鶴は、治療院で治療するだけでなく、牢屋敷の女囚の治療や、町奉行所から依頼された検死にもあたっている。医者としての活動範囲を広げることは、様々な価値観を持った人々との交わりが可能になる。そこで遭遇した患者や囚人たちに起こった事件を解決していくというのが主筋で話が展開する。つまり、ミステリー仕立てにしたところに作者の工夫がある。興趣を盛り上げているのが、千鶴が小太刀の名手という設定だ。シリーズものを面白くするコツを会得した作者の読者サービスである。

「別れ烏」はシリーズの中でもミステリー色が強く、千鶴を中心としたチームワークの活躍が際立った仕上がりとなっている。改めて言うまでもないがシリーズものの成否を決めるのは、チームワークにかかっている。つまり、千鶴を中心に主要登場人物のキャラクターが立ち、役割分担が書き分けられているかである。

「別れ烏」は二巻目の作品だけにチームワークの方向性が定着し、それがうまく引き出されている。

「浄瑠璃長屋春秋記」シリーズ第一巻『照り柿』――第一話「盗まれた亀」

シリーズの第一巻『照り柿』は、二〇〇五年に刊行された。前三作とは趣を異にしているところが特徴となっている。つまり、職業と人情交差点を強調するような手法は取っていないということである。その代わりに物語の構造に独特の工夫を凝らしている。

青柳新八郎は三年前、突然家を出た妻の志野を忘れられず、家督《かとく》を弟に譲り、陸奥国平山藩から単身江戸へ出てきた。長屋の軒に「よろず相談承り」の看板を掲げ、依頼者の相談事を解決しながら、その一方で「妻はなぜ自分に黙って家を出たのか」「なぜ連絡もよこさないのか」といった謎に対する解答を求めて、行方の探索をしながら、長屋での日々を過ごしている。これが物語の発端で、作者はこれを導入口としながら、物語を二重構造に設定する工夫をしている。

第一が「よろず相談承り」で持ち込まれた相談事や、長屋の住人が遭遇する出来事から透けて見える人生の哀歓《あいかん》に立ち会うことである。作者が最も得意とする江戸に生きる人々の喜怒哀楽を四季の移ろいに織り込み、凝縮された人情ドラマが展開する。

その中に、事情も告げずに失踪した妻をめぐる謎を探っていく過程が織り込まれていく。わずかな情報に一喜一憂する新八郎の姿はそのまま妻を追慕《ついぼ》する切ない胸の内と重なる。作者は妻の消息を要所要所に差し込むことで、読者を物語の進行にくぎ付けにしていく仕掛けを施している。これが第二の工夫である。

かすかな手掛かりに触れた新八郎の心情を、追慕の念の中で確たるものとして占めている〝美しい花柄の友禅の前垂れ〟に籠めて描いている。志野の佇まいの美しさが浮かんでくる。

作者の鍛え抜いたセリフの巧さと、流麗な筆致がいかんなく発揮された場面ともいえる。これを読んだ時、作者がなぜ長屋の名を浄瑠璃にしたかわかった気がした。浄瑠璃は語りの芸である。新八郎の探索行を縦糸とするならば、長屋を軸とする人間模様は横糸となる。この人間模様を語るのが、深い喪失感を抱え、それを埋めることに身を削っている新八郎というわけだ。この縦糸と横糸を縫っていく歳月を春秋記としたのであろう。読者は悲恋物語を抱えた新八郎の語りを聴くことで、新八郎の人間的魅力と、長屋の人々の哀歓と巡り合うことになる。巧い構造というのはこのことを指している。

「盗まれた亀」は、盗まれた亀を狂言回しとして使い、善悪の判断の難しさと、奥深い人間の在り方を描いている。興趣溢れる物語の魅力と、起伏に富んだ展開から目が離せない一編となっている。

藤原緋沙子ワールドの真髄ともいえる四編はいかがでしたか。二〇二三年春頃の予定で第二弾をお届けいたします。珠玉の短編を収録予定です。乞うご期待。

著者あとがき

このたび私の傑作選『江戸のかほり』四編を、改めて読者の皆様にお読みいただけるとのこと、大変嬉しい限りです。

令和四年十二月は、小説家としてデビューして二十年となる記念すべき月になります。

ひたすら走って来た感がありますが、こうして選んでいただいた四編を改めて読んでみると、一編一編に書き始めた頃の熱い思いが蘇ってきます。

まず「隅田川御用帳」ですが、このシリーズが私のデビュー作であり、これまでの作家活動を支えてくれた出発点です。

当時、文庫作家としてデビューするために、出版社に梗概《こうがい》を提出していた訳ですが、最初の三冊の出来具合で、その後作家活動を続けられるかどうかが決定されるという恐ろしい条件がついていました。

作家としての命運が第一作の『雁の宿』にかかっていた訳ですから、その時の緊張は筆舌に尽くし難いものでした。

文章というものは、最初の書き出しで、読者に興味をもってもらえるかが勝負だと思っておりましたから、原稿用紙二、三枚の書き出しに数日を要しました。

まずはこの本にかけよう……そう心に言い聞かせて、登場人物も魅力的でなければならないと思った訳です。

女性の読者の皆さんが「ああ、このような男の人と、ひとときでもいい、一緒にいたいものだ」と思えるヒーローを登場させること。

また男性の読者の皆さんが「麗《うるわ》しいうえに凜《りん》として、その上そこはかとない色気を備えたこのような女の人に会ってみたいものだ」と思えるヒロインを登場させること。

その登場人物が、第一話の「裁きの宿」からシリーズを支えてくれている縁切寺御用宿『橘屋』のお登勢と、そこに用心棒として雇い入れられて活躍する塙十四郎でした。

この二人をどういう形で魅力的に登場させて出会わせるか、そこでもまた思案を重ねました。

十四郎については、かつては老中として権勢を誇った楽翁が襲撃されるところを救う剣劇の場面を書くことで、橋屋の用心棒となるきっかけを作りました。

小野派一刀流『流星切落』の構えなどという剣術も考えていたんだなと、読み直してみても冷や汗ものです。

お登勢については、用心棒として雇い入れた十四郎と対面する場面で、いかに魅力的な女として登場させるか腐心《ふしん》しました。

また、登場人物の中でも特に、お登勢に拾われ、橋屋の一員となった小僧万吉のがんばりには、私自身が母親のような目で見ていて、愛おしく思いながら綴っています。

更にこのシリーズには柴犬の「さくら」を登場させていますが、家で飼っていた犬が柴犬の雌で、名前がさくらだったからです。

私の家にいらした編集者の皆様にも、とても可愛がっていただきましたが、七年前に亡くなりました。手をつくして看病しましたが最期は痩せこけて、抱くと厚紙を貼り合わせたほどに薄っぺらくなってしまって、見えない目で私を捜していたのを思い出します。今でも胸が痛みます。

第二編の「橋廻り同心・平七郎控」は、文庫第二弾のシリーズとして書き始めました。

橋廻りという役職は、今でいう窓際族です。

主人公の立花平七郎は同心の花形である定町廻りだったのですが、一色弥一郎という上役の与力に、ある失態の責任を背負わされて橋廻りにされた人物です。そこに、深川の材木商の倅で、捕り物をやりたくて父親に同心株を買ってもらった平塚秀太が橋廻りに加わります。

この橋廻りは、北町に二人、南町に二人しかおらず、江戸の橋を点検して回る地道な役職です。

木槌を十手の代わりに持ち、橋を叩いて傷みを調べるのが仕事の窓際族が、定町廻りも舌を巻くほどの活躍をするというのがこのシリーズの売りです。

いつの世も日陰の存在として黙々と仕事に励む人たちがいる訳ですが、そんな人たちが思いも掛けない活躍をして、世の賞賛を受けることほど溜飲《りゅういん》が下がることはありません。

そして、二人の脇役として登場させているのが、読売屋『一文字屋』のおこうと辰吉、定町廻りとはいえ鼻つまみ者の亀井市之進と工藤豊次郎など、賑やかに物語を繰り広げます。

特に毎回、与力の一色弥一郎が御用部屋の火鉢で、焙烙《ほうろく》で何かを煎る場面が出て来ますが、頃は江戸時代、煎るにふさわしい物にも限りがあって、探し出すのに苦労をしています。

弥一郎は平七郎を踏み台にして筆頭与力になった男で、内心では反省していて、平七郎の機嫌をとるために自分が煎った物を食べさすという思惑なのですが、時にはとんでもないゲテモノだったりします。

付き合わされる平七郎にとっては大迷惑な話ですが、平然として受けてやり、時には昔のことを持ち出して一色をやんわりと脅したりして、平七郎が今探索している事件に協力させたりするのです。

この二人のユーモラスなやりとりは、書いている私も思わずにんまりしております。

第三編の「別れ烏」は、ＮＨＫの土曜時代劇にもなった文庫第三弾の「藍染袴お匙帖」シリーズからです。

ヒロインは桂千鶴という女の医者で、長崎に留学し、シーボルトの教えを直接受けていることから、後々シーボルト事件が起きた時には、この恩師の受難に、千鶴がどのような形で関わることになるのか、まだ思案中といったところです。そこに行くまでにはまだ少し時間がありますが、乞うご期待といったところでしょうか。

また、このシリーズを盛り上げてくれるのが、千鶴が最も頼りとしている旗本の菊池求馬、弟子のお道、女中のお竹、女好き酒好きの酔楽とその弟子の五郎政など、いずれも憎めないお人好しばかり。

千鶴は女牢の医師も務めていることから、江戸時代の牢内の話なども盛り込んで、常に弱き者の味方として、凛《りん》として生きる姿を書こうと考えています。

最後の一編「盗まれた亀」は「浄瑠璃長屋春秋記」第一作の『照り柿』の中の最初の物語です。

このシリーズは、浄瑠璃長屋に暮らす浪人青柳新八郎が行方知れずになった妻志野を捜し出そうとする話ですが、四冊で完結になっています。

相棒は妻子持ちの八雲多聞という浪人で、共に口入れ屋の仕事を請け負って糊《こ》口《こう》を凌《しの》いでいます。

二人は弥次喜多《やじきた》のような間柄なのですが、関わった事件には果敢に立ち向かっていく、弱きを助け強きをくじく熱血漢でもあります。

特にこのシリーズでは、新八郎は妻失踪の謎の手がかりを求めて、江戸市中だけでなく、東北の山野をさまよう事もあり、そこかしこに妻の面影を追う「妻恋記」として読者の共感を得られればと願っています。

他のシリーズとは少し違った色合いの小説で、この時代も今も壊れていく夫婦の多い中で、大人の男の深い愛情を書いてみたかったのです。


どの作品も、私の大切な作品です。

登場する人物に寄り添って書いていくうちに、時には思わず涙が溢れてくることもあるという作家のていたらくぶりを発揮しています。

今の時代も江戸時代も、人の情はさして変わってはいない筈です。憎しみの中の愛情、愛情の中の憎しみを、人の情の交錯する切なさを物語とともに書き綴って行きたいと思っています。

光文社文庫

江戸《えど》のかほり　藤《ふじ》原《わら》緋《ひ》沙《さ》子《こ》傑《けつ》作《さく》選《せん》　菊《きく》池《ち》仁《めぐみ》・編

著　者　藤《ふじ》原《わら》緋《ひ》沙《さ》子《こ》

2022年12月20日　初版1刷発行

発行者	三	宅	貴	久
印　刷	堀	内	印	刷
製　本	榎	本	製	本

発行所　株式会社　光　文　社

〒112-8011　東京都文京区音羽1-16-6

電話　(03)5395-8149　編　集　部

8116　書籍販売部

8125　業　務　部

落丁本・乱丁本は業務部にご連絡くだされば、お取替えいたします。

ISBN978-4-334-79462-0　Printed in Japan

組版　萩原印刷

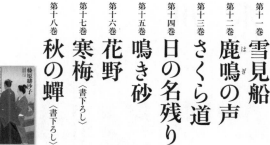